第四章

第五章

番外編

野いちご文庫

冷酷執事の甘くて危険な溺愛事情
【沼すぎる危険な男子シリーズ】

みゅーな**

STARTS
スターツ出版株式会社

目次

冷酷執事の
甘くて危険な溺愛事情 人物紹介

一般家庭の高1女子。祖母の他界をきっかけに名家の後継者になることに。突然のお嬢様生活に戸惑うけれど、執事の埜夜の危険な溺愛に抗えなくて…？

羽澄《はすみ》 柚禾《ゆずか》

栖雲《すくも》 埜夜《やよ》

柚禾に執事として仕える高1男子。普段は完璧な執事だが、柚禾とふたりきりになると溺愛を隠せず柚禾を甘やかす。

ウラの顔は…
強引で超危険!?

みんなの前では、隙《すき》のないクールな完璧執事《かんぺきしつじ》。

「柚禾《ゆずか》お嬢様。失礼いたします」

ふたりっきりのときは、甘《あま》くて危険《きけん》な溺愛《できあい》執事。

「ゆず……キスうまくなったね」

栖雲埜夜《すくもやよ》

×

羽澄《はすみ》柚禾

執事である埜夜くんの溺愛は――。

「欲《ほ》しいならもっと可愛《かわい》くねだってみたら」

「ゆずの身体《からだ》にちゃんと教えてあげる」

「ゆずがして……とびきり甘いの」

極上に甘くて、ちょっと刺激《しげき》が強くて。

「柚禾のこと……もっと深く愛したい」

その危険な甘さ、回避不能。

第一章

いきなり後継者でお嬢様？

「これからひとりでどうしたらいいんだろう……」

わたし羽澄柚禾は、ひとりベッドの上で天井《てんじょう》を見上げている。

かれこれ数日間、何もする気になれず、ただひとりの時間が過ぎていくばかり。

「おばあちゃん……っ」

幼《おさな》い頃《ころ》に両親を事故で亡くしてから、ずっと母方《ははかた》のおばあちゃんがわたしを育ててくれていた。いつもそばにいて、どんなときもわたしの味方《みかた》でいてくれた。

そんなおばあちゃんが、つい最近病気で亡くなってしまった。

わたしは他に身寄りがなく、これから先ひとりで生きていかないといけない。

おばあちゃんとの生活を思い出すだけで、まぶたがじわっと熱《あつ》くなる。

ひとりで泣くと、心がどんどん弱くなっていく。

強く生きなきゃいけないのに。

瞳《ひとみ》からこぼれそうな涙《なみだ》を手で拭《ぬぐ》うと、家のインターホンが鳴った。

出る気になれないから居留守を使おう……。

しばらくしたら諦《あきら》めてくれると思ったけど。

「うーん……しつこい……」

鳴りやむどころか、ずっと鳴ってる。

「もう……こんなときに誰」

重たい身体を起こして玄関《げんかん》へ……扉《とびら》を開けてびっくりした。

「え、どちら様ですか」

開ける前に確認すればよかった。見るからに怪《あや》しそうな黒服を着た男の人たち三人が立っている。

だ、誰この人たち。

「羽澄柚禾様ですね」

「は、はぁ……そうですけど」

「本日、羽澄創一郎《そういちろう》様より柚禾様をお迎《むか》えにあがるようにと」

羽澄……創一郎さん？　はじめて聞く名前だ。

「すみません、その方まったく知らないんですけど」

「創一郎様は、柚禾様の血のつながった実のおじい様にあたります」

「わたしのおじいちゃん……ですか？」

「はい。柚哉《ゆうや》様のお父様が創一郎様になります」

柚哉様っていうのは、わたしのお父さんの名前だ。

お父さんの両親の話は、小さい頃からあまり聞いたことがない。

実際に会ったことも、話したこともない気がする。わたしが覚えてないだけかもしれないけど。

「創一郎様が柚禾様にお伝えしたいことがあると」

黒服の人が渡《わた》してくれた名刺《めいし》には、羽澄グループって書いてある。

「外に車を用意しております。このままお連《つ》れしてもよろしいでしょうか」

とりあえず、怪しい人たちではないのかな。

それよりも、おじいちゃんが生きていたことにびっくり。

今までずっと音沙汰《おとさた》なかったのに、急にどうしたんだろう？

「おじいちゃんに会ってみたいので……行きます」

＊　＊　＊

連れてこられたのは、とある高層《こうそう》ビルの最上階。

大きな部屋の扉を黒服の人がノックした。

「会長。柚禾様をお連れいたしました」

重たい扉が開かれて、中に足を踏《ふ》み入れた。街全体が一望《いちぼう》できるほどの大きな窓。

その前に広々とした机があって、高級そうな椅子《いす》に座っている人が、くるっとこちらを向いた。

「柚禾。よく来たな」

白髪《はくはつ》で、袴《はかま》を着た厳格《げんかく》な雰囲気《ふんいき》を持ち合わせた人。

この人がわたしのおじいちゃん……？

「そこに座りなさい。今日ここに柚禾を呼んだのは大事な話をしたくてな」

近くにあったソファに腰《こし》を下ろすと、テーブルを挟《はさ》んでおじいちゃんが座った。

「わたしのことは聞いたか？」

「おじいちゃんってことだけは」

「そうか。いきなりすまなかったな。本来ならわたしが直接迎えに行きたかったんだが、足が悪くてな」

たしかに少し足を引きずっていて、杖《つえ》をついている。

「しばらく見ない間に大きくなったな」

優しく笑った顔が、どこかお父さんと重なる部分がある。

「こうしてしっかり顔を合わせることもなかったから、戸惑《とまど》うのも無理はない。柚禾が本当に小さかった頃、数回会ったくらいだからな」

そっか。小さい頃には会ったことあるんだ。でも、あんまり覚えてない。

「さて早速だが、最近柚禾の母方の祖母が亡くなったことを聞いた。柚禾は今、身寄りがないはずだ。そこで、わたしが柚禾を引き取りたいと思っている」

「え……？」

「そして……柚禾を羽澄家の後継者《こうけいしゃ》として迎え入れるつもりだ」

「こ、後継者？」

いったい、どういうこと？

いきなりそんなこと言われても理解が追いつかない。

「お前が羽澄グループを継《つ》ぐことが決まったんだ」

「ちょ、ちょっとまってください。急すぎて話がまったくわからないです」

国内に名をはせる羽澄グループ。製造《せいぞう》、貿易《ぼうえき》など幅広い分野で事業を手掛けている日本トップを争《あらそ》う大企業。

グループ企業も国内にとどまらず国外まで進出し、食品やホテルなどさまざまな事業も展開している。

わたしの苗字って、その〝羽澄〟だったの⁉　しかも、後継者がわたし？　ダメだ……ますます混乱《こんらん》してきた。

「柚哉が亡くなった今、後継者はお前しかいないんだ」

「そんな話、お父さんからもお母さんからも聞いたこと……」

そもそも、お父さんがそんなすごい家柄《いえがら》だったなんて。

「柚禾の母親が普通の生活を望んでいてな」

本来ならわたしが羽澄家の後継者として相応《そうおう》の教育を受けるはずだったのを、お母さんが反対したそう。

「柚禾には家柄に縛《しば》られることなく、自由にのびのびと育ってほしいというのが、柚禾の母親の願いだったんだ」

お父さんは名家《めいか》の御曹司《おんぞうし》。お母さんは一般家庭の生まれ。

家柄の違いがあるふたりの結婚《けっこん》を、周りはあまりよく思っていなかったらしく。

それでも、自分たちの想いを大事にしたお父さんとお母さんは結婚した。

そして、その間にわたしが生まれた。

「柚禾、お前は羽澄家の人間だ。後継者として覚悟を持ってほしい」

お母さんはずっと、わたしの自由な生活を守り続けてくれていたんだ。だけど、もう守ってくれる人は誰もいない。

この事実を、今はっきり受け止めるしかないの……？

「将来、羽澄の名に恥《は》じないよう、これから成長していく姿を楽しみにしている」

＊　＊　＊

たった一日で怒涛《どとう》の展開を迎えすぎて、頭の中は大混乱。

しかも今まで住んでいた家から、羽澄家が所有するお屋敷《やしき》に引っ越すことに。

いきなりすぎるし、いくらなんでも勝手すぎるって自分の言葉でおじいちゃんを説得しようとした。自立してこれからひとりで生きていく覚悟もあるって。

けど……現実を突きつけられた。幼いわたしに、ひとりで何ができるって。

何も返す言葉がなかった。

──で、気づいたらわたしはお屋敷に用意された自分の部屋のベッドに寝転んで天井を見上げていた。

「もうこれ何がどうなってるの……」

真上にはキラキラ輝《かがや》くシャンデリア。ベッドはふかふかで、ひとりで寝るにしては広すぎるくらい。

可愛らしいアンティーク調の家具が揃《そろ》えられていて、部屋全体はピンクと白で統一されている。大きなL字型のソファや、高そうな真っ白のテーブル。

おまけに部屋にお風呂もあるし、奥にはウォークインクローゼットまである。

「わたしが後継者って……これからどうなるの」

一般家庭から突然お嬢様になるなんて、不安しかない。

すると、部屋の扉がノックされた。

そういえば、このお屋敷にはメイドさんや執事さんがたくさんいるんだっけ。

おじいちゃんは、ここにはあまり帰ってこないみたいで、別宅に住んでいるらしい。

わたしのお世話《せわ》をしてくれる専属の執事がいるって聞いてるけど。

「柚禾お嬢様。失礼いたします」

部屋の中に入ってきたのは、わたしと同い年くらいの執事服を着た男の子。

暗めのブラウンの髪に、それと同じ色をしたきれいな瞳。

背はとても高くて、凛《りん》とした姿に思わず釘付けになってしまうほど。

こんなかっこいい男の子、はじめて見た。

じっと見惚《みと》れていると、わたしがいるベッドに近づいてきた。

びっくりして思わず身体を起こすと。

「ずっと会いたかったよ……ゆず」

「え……？」

「俺の知らない間にこんな可愛くなって……」

わたしの髪にスッと触《ふ》れて、グッと顔を近づけてきた。

うぅ、近い……。ベッドについた片手を後ろに下げようとして失敗。

「わっ……」

バランスを崩《くず》して、身体がドサッとベッドに倒れ込んだ。

おまけに巻き込まれた男の子が、わたしの真上に覆《おお》いかぶさってる状態。

「え、えっと、ごめんなさ――」

すぐ身体を起こそうとしたけど、なぜか男の子が上からどいてくれない。

むしろ、さっきよりもっと距離が近い気がする。

「こんな無防備に男誘うようなことしてさ」

息がかかるくらい近くて、ちょっと動いたら唇《くちびる》同士があたりそう。

「これが俺以外の男だったらって……想像しただけで気狂《くる》いそう」

突然のことにびっくりで、目をぱちくり。

それに、わたしのこと〝ゆず〟って呼んだ？　今日はじめて会ったはずなのに。

「……これからは他の男なんか近づける隙《すき》も与《あた》えない」

ボソッとつぶやかれた言葉は、わたしの耳には届かず。

男の子が優しくベッドから身体を起こしてくれた。

軽く乱れた執事服を直しながら。

「自己紹介が遅れました。わたくし柚禾お嬢様専属執事の栖雲埜夜と申します」

「は、はぁ……」

「柚禾お嬢様の身の回りのお世話はもちろん、常にそばでお守りいたしますので」

さ、さっきの感じと違いすぎない？

一瞬《いっしゅん》危なそうな雰囲気があったけど、今はとっても真摯《しんし》な執事っぽい。

そして、ここで衝撃《しょうげき》の事実を知らされることに。

わたしは今年高校一年生で、通う学校も決まっていた。なのに……急きょ、お嬢様学校と呼ばれる英華学園《えいかがくえん》への入学手続きが進んでいるというのだ。

「学校まで変わるなんて聞いてない……！」

今までの生活が、こんな変わっていくなんて。

「やっぱり、わたしがお嬢様なんて何かの間違いじゃ」

「間違いではございません」

「今すぐここから脱走《だっそう》……」

「なりません」

「後継者を辞退《じたい》することは……」

「おじい様がお許しにならないかと」

ここを抜け出したところで、行く当てもない。

かといって、やっぱり後継者の重圧とかすごいし。

「わ、わたしにお嬢様なんて務《つと》まるわけない……っ！」

「柚禾お嬢様、落ち着いてください」

「いきなり後継者だとか言われても、実感ないし簡単に受け止められるわけ――」

急に腕を優しく引かれて、すっぽり抱きしめられた。

えっ……なんでこんなことに？

「羽澄グループの会長が決めたことは覆《くつがえ》らない。ゆずがひとりでどうにかできることじゃない」

「それはわかってる……けど」

「いいから俺に任せて。そしたら大丈夫だから」

抱きしめる力を少しゆるめて、わたしの瞳をしっかり見ながら。

「俺はもうゆずのそばを離れたりしない」

何かを決意したような、信念のある真っすぐな瞳。

「一生かけてゆずを守るって――心に決めたから」

まだ出会ったばかりなのに。

どうしてこんなストレートに伝えてくれるんだろう？

「あ、あの……さっきから……ち、近い……っ！」

「ゆずの顔もっと近くで見たいから」

思わずベッドに手をついて、今度は失敗しないように身体を後ろに下げるけど。

それに負けじとグイグイ迫ってくる。

「わっ……ぅ」

ついに背中にベッドの背もたれが触れた。

こ、これ以上は逃げ場がない……！

とっさに顔をパッと下に向けると、ふわっと甘い香りが鼻をかすめた。

「ね……ゆず」

「ひぁ……それくすぐったい……っ」

耳元でくすぐるようにささやかれて。

下からすくいあげるように、顔を覗《のぞ》き込んでくるの。

「そんな可愛い反応するんだ」

「ふぇ……っ？」

「ゆずのぜんぶ……早く俺のものにしたくなる」

とっても危険な瞳で見つめて触れて。

「今は我慢してるけど」

「が、我慢？」

「ゆずに触れたいの我慢して抑えてんの」

「ふぁ⁉」

「ゆずが俺の心を奪ったんだから――それなりに覚悟して」

「ちょ、ちょっ……ストップ……‼」

「あんま無意識に煽《あお》ってくんなら俺も止まんないよ」

さっきまでの執事らしさはどこへやら。

甘くて危険な香りをまとわせながら――。

「俺以外の男なんか眼中に入らないくらい……俺でいっぱいにする」

惑わせてくる瞳に、クラッと堕《お》ちていきそうになるくらい。

「もっと……ゆずのこと溺《おぼ》れさせたい」

もしかしてわたし、とっても危険な執事と出会っちゃいました……？

お嬢様と執事

今日は英華学園の入学式。

朝、窓から入ってくるまぶしいくらいの光で目が覚めた。

ぐるりと部屋全体を見渡して、お嬢様になったのは夢じゃなかったことを実感。

おまけに。

「おはようございます、柚禾お嬢様」

「……っ！　もうっ、ベッドに入ってこないで……！」

危険すぎる専属執事までつくことになって。

わたしの身の回りのお世話を、ぜんぶやってくれるのはありがたいけど。

毎朝起こしにくるとき、異常に距離が近いのは困る。

＊＊＊

朝ごはんをすませて、制服に着替《きが》える。ピンクを基調とした、とっても可愛いデザインの制服。

「あれ、リボンうまく結べてないかも」

鏡《かがみ》の前で何度も結び直してるけど、なんだか不格好かも。縦結びになったり、うまくいかない。

「ゆず」

「わっ、びっくりした！」

いきなり背後に人の気配《けはい》。

すると、わたしがリボンを結ぶのに苦戦してるのに気づいたのか。

「リボン貸して」

「自分でできるよ」

「さっきから何度も結び直してたのに？」

「なっ……！　見てたの⁉」

「俺がやるから」とリボンを取られて、結局結んでもらうことに。

「あと少しで結べそうだったのに」

「いいからじっとして」

わたしより手際《てぎわ》いい……。ジーッとリボンを見てると。

「少し顔あげて」

「な、なんで？」

「いいから」

言われるがままにすると、思ったよりずっと顔が近くてびっくり。

「やっと俺のことちゃんと見た」

「へ……？」

「ゆずが俺と全然目合わさないから」

リボンを結ぶだけなのに、距離が近くて。

お互いの身体がピタッと密着してるの耐《た》えられない……っ！

「も、もう無理……！　やっぱり自分でやる！」

ジタバタ抵抗《ていこう》しても、もっとギュッて抱きしめられるだけ。

「……おとなしくして」

「なっ、ぅ……、だから近いってば……！」

普段は執事モードで敬語なのに、ふたりのときだとグイグイ迫《せま》ってくる。

「ゆずだからこんな触れたいのに？」

「す、栖雲さんずるい――」

「そうじゃなくてさ……他に呼び方あるでしょ」

「他って。栖雲さんは栖雲さんで……」

「埜夜。呼ばないと離さない」

栖雲さんの人差し指が、軽くわたしの唇に触れた。

「ななっ……い、いきなりは呼べない……！」

わたしが慌《あわ》てて距離を取ろうとしたら、グイッと一気に顔を近づけてきて。

あとちょっとで唇が触れそうなくらいの距離で……。

「ね、ゆず……呼んで」

だからぁ、そのおねがいの仕方ずるい……！

「や、よ……くん」

「……まあ、いつか埜夜って呼ばせるから、今はそれでいいか」

「えぇ……」

一度スイッチが入ると、埜夜くんの暴走は止まらない。

＊　＊　＊

お屋敷から学園までは車で送迎《そうげい》してもらえる。埜夜くんも一緒……なんだけど。

「埜夜くんは学校に行くときも執事服なの？」

「俺はゆず専属の執事だし」

わたしが通う英華学園は、普通科、芸能科、特進科の三コースに分かれている。

「ゆずは特進科のコースで入学の手続きが取られてるから」

特進科はお嬢様のみが入れて、専属の執事がひとりつく特別な学科。

「特進科のクラスは少人数で、日本を代表する旧財閥の名家の集まりだから」

なんでも、後継者にふさわしい教育カリキュラムが組まれているんだとか。しかも特進科にだけ、小等部から高等部まであるみたい。

「高等部からの入学はゆずだけだから」

「うぅ……なんかお腹痛くなってきた」

ちなみに、埜夜くんもわたしと同じ高校一年生。埜夜くんは、わたしと一緒に特進科のクラスで執事の勉強をするみたい。

そして、あっという間に学園に到着。

「先に理事長に挨拶《あいさつ》しに行くから」

埜夜くんに案内されて理事長室の中に入ると、スーツを着た女の人がいきなり飛びついてきた。

「わー、あなたが羽澄さんね！　入学おめでとう！　わたしはこの学園の理事長の籠橋《かごはし》です～、よろしくね」

この人が理事長⁉

なんだかとってもハイテンションな人だ。

「理事長、落ち着いてください。柚禾お嬢様が戸惑われています」

「えー、せっかく挨拶できたのに～？」

「わたしね、あなたに会えるのとっても楽しみにしてたのよ？　なにせ、特進科に新しい子が入るなんて久しぶりだから」

なんて言いながら、わたしの頭をよしよし撫《な》でてくれた。

「さてとっ、それじゃ彼女にはこれを渡さないとね」

茶色の少し大きめの箱。中を開けてみると、キラキラ輝くティアラが入っていた。

「それはね、特進科の子にだけ与えられる特別なティアラなの。三年後の卒業セレモニーで使用するものよ」

ティアラには三つ宝石が埋《う》められるようになってる。

一学年の課程《かてい》を終えて、進級するときにティアラにはめる宝石がひとつずつもらえるそう。

「三つの宝石をすべて集めたら卒業セレモニーに参加できるの。まあ、とりあえずあなたはまだこの学園に来たばかりだから、いろいろ大変かと思うけど頑張ってちょうだい！　何かあったら気軽に相談してね」

なんとも楽観的な理事長さんへの挨拶を終えて、特進科のクラスへ。

ひとクラスだけの特進科は別の校舎にあって、中はきれいでとってても広い。

クラスの扉を恐る恐る開けると、視線が一気にわたしに集中した。

クラスメイトは十人もいないくらいで、全員に執事がついてる。

これが特進科のクラスかぁ。

高等部からはわたしだけだから、馴染《なじ》んでいけるか心配……。

「あー！　あなたが今日から入ってくる子⁉」

「え？」

「わたし景椰《かげな》実海《みうみ》っていうの！　仲良くしてくれたらうれしいなっ！」

「あっ、えぇっと、羽澄柚禾です！」

小柄でお人形さんみたいで、女の子らしさ全開。肩につくくらいのふわっとした髪は、ゆるく巻かれていて、ぱっちりした瞳にぷっくりした唇。

笑顔がとっても可愛いし、明るくて話しやすい雰囲気の子だなぁ。

「柚禾ちゃんかぁ～。お名前とっても可愛いね！」

「み、実海ちゃんも可愛いよ！」

「えぇ～、ほんとに？　うれしいなぁ！」

実海ちゃんみたいな子がいてくれてよかった。

あ、でもこのクラスにいるってことは。

「実海ちゃんもお嬢様ってこと、だよね？」

「んー、わたしのおじいちゃんがちょっとすごいのかな～」

するといきなり実海ちゃんのそばに執事服を着た男の子が現れた。

「実海お嬢様のおじい様は、日本を代表する庭園デザイナーでもあります」

ちょっとどころか、日本を代表するってかなりすごくない……⁉

「ご挨拶遅れて申し訳ございません。わたくし実海お嬢様の専属執事――加賀美爽斗《かがみさやと》と申します」

あ、やっぱり実海ちゃんの執事さんだったんだ。

センター分けの黒髪に、切れ長の目とスッと通った鼻筋。埜夜くんに負けないくらいの容姿の持ち主だ。

「んー、もう加賀美はお堅《かた》いんだよ！　そういう紹介いらないから～」

実海ちゃんはお嬢様だけど、それを鼻にかけてるわけでもなく、気取ってる感じもない。

「ねー、加賀美。今日はクレープ食べて帰りたい！」

「なりません。本日このあとおじい様と会食のご予定です」

「懐石《かいせき》料理よりもクレープのほうが美味しいのに！　加賀美は厳しいからやだ〜」

話を聞けば、実海ちゃんと加賀美くんは、中等部からずっと一緒みたい。

しかも、びっくりなことに埜夜くんと加賀美くんは幼なじみらしい。

＊　＊　＊

怒涛の初日が終わり、あっという間に夜。

今日は入学式だけだったから、午後はお屋敷でまったり過ごした。

なんだかいまだに実感ないなぁ……。

「わたしがお嬢様だなんて」

これから後継者にふさわしい人間になるために、学んでいくことだってたくさんある。

今までずっと一般家庭で育ってきて、この世界のことなんか何ひとつ知らない。

それに、おじいちゃんが言ってた。わたしを後継者として認めない人もいるかもしれないって。

後継者争いは結構厄介《やっかい》で、きれいごとばかりの世界じゃない。

だから、そういうのをぜんぶ跳ね返せるくらい……わたしが後継者として立派になった姿を見せてほしいって。

真っ暗な部屋にひとりでいると、少し心細くなる。

埜夜くんは専属の執事だけど、寝るときは同じ部屋にはいない。屋敷の中に使用人が使う部屋があって、埜夜くんはそこにいるから。

ベッドに入って目を閉じても全然眠れない。ひとりになると、いろいろ考えてしまう。

新しい環境でうまくやっていけるか、不安で胸がいっぱいになる。

「っ……」

わたしのそばには誰もいない。

平気だって言い聞かせていたけど、やっぱり寂《さび》しくて。

視界が涙でいっぱいになって、泣きたくないのに涙の止め方がわからない。

すると、静かに扉がノックされて、部屋に誰か入ってきた。

「……ゆず」

この声を聞いて安心するのはどうして……？

「やよ……くん……？」

後ろからそっと優しく、わたしを抱きしめてくれた。

「……声震えてる。ごめん、ひとりにして」

とっても優しい声のトーンで、わたしを安心させるような温もりで、包み込んでくれる。

「寝る前元気なさそうだったから心配した」

「それで、わざわざ来てくれたの……？」

「ゆずが不安がってるの放っておけないし」

さっきまで胸の中にあった不安が、少し軽くなった気がする。

そばに埜夜くんがいてくれるのに安心したのか、少しずつ眠くなってきた。

「ゆずはひとりじゃない……そばに必ず俺がいる」

出会ったばかりなのに、どうしてここまで想ってくれるの……？

「もっと俺を頼っていいから」

誰かがそばにいるって、それだけでも安心感があって。

埜夜くんのそばにいると心が落ち着くのは、どうしてだろう？

お嬢様生活は波乱ばかり

英華学園に入学して早くも二週間くらい。

この学園の特進科は、普通科目の授業以外にも特殊なカリキュラムがいくつか組まれているとは聞いていたけど。

「実海ちゃんすごすぎるよ……」

「そんなことないよ～！　テキトーにパパッとやってるだけ！」

目の前にドーンと置かれている、色鮮やかで美しい花たち。

今は生け花の授業。

「小さい頃、おじいちゃんとよく生け花やってたからかな。まあ、わたしにセンスあるかわかんないけど！」

さ、さすが庭園デザイナーのおじいちゃんがいるだけのことはある……。

わたしなんて、そもそも生け花の基礎的な部分すら知らないのに。

「柚禾お嬢様のお花も素敵ですよ」

「埜夜くん、お世辞はいいよ」

「お世辞ではございません。これもまた勉強ですね」

特別な授業はこれだけではない。

他にも、バイオリンやピアノから、書道、茶道まで……。

授業内容に早速ついていけそうにない……けど。

これくらいでくじけちゃダメだ。この学園で学ぶって決めたからには頑張らないと。

「えぇっと、次の授業は……」

タブレットで確認すると、英語の授業で教室移動が必要みたい。

普通の英語の授業かと思いきや。

「な、なんで個室？　それにこの大きなモニターは？」

すると、いきなり画面に外国の人が映って、こっちに手を振ってる。

「海外にいらっしゃる先生と英会話のレッスンです」

「えっ⁉」

「マンツーマンでしっかり教えていただけるので、勉強になりますね」

いきなりレベルが高すぎて不安だったけど、先生は優しいし、わたしのペースに合わせて進めてくれた。

あと、埜夜くんがさりげなくフォローしてくれるんだけど。ものすごく流暢《りゅうちょう》に英語を話してるから、それにもびっくり。

埜夜くんの完璧さをあなどっちゃいけない。

＊　＊　＊

とある日の休み時間、用事があって職員室へ。

普通科の校舎に職員室があるので、埜夜くんと一緒に行くことになったのはいいんだけど。

「ねっ、見て！　あれ栖雲くんじゃない⁉」

「ほんとだっ！　普通科の校舎にいるの珍しいよね‼」

職員室に向かう途中の廊下《ろうか》。何やら女の子たちの声が騒《さわ》がしい。

しかも、ものすごく注目を浴《あ》びてるような気がする。

「声かけてもいいかな⁉」

「今しかチャンスないよね！」

埜夜くんめがけて走ってきた女の子たち。あっという間に五、六人くらいに囲まれちゃった。

「栖雲くん！　今日はどうしてここに⁉」

「お嬢様の付き添いです」

「えー、栖雲くんが誰かの執事になっちゃうなんて！」

埜夜くんかろうじて笑顔だけど、目の奥が笑ってない気がする。

でも、女の子たちは構わずグイグイ押してる。

「わたしも特進科に進みたかったぁ！」

「わたしも‼　栖雲くんが執事として仕《つか》えてくれるなんてサイコーじゃん！」

やっぱり埜夜くんモテるんだ。これだけ目立つしかっこいいもんね。

「わたしも家柄がよかったらなぁ！　そうしたら、栖雲くんに執事としてそばにいてもらえたかもなのに～！」

「……わたしがお仕えしたいと思うのは柚禾お嬢様だけです」

　埜夜くんがちょっと強めに言うと、女の子たちみんな気まずそうに顔を見合わせてる。

　でも、わたしが羽澄家の後継者じゃなかったら……埜夜くんは、わたしじゃないお嬢様に仕えていたかもしれない。

　そう思うと、少しだけ胸のあたりがモヤモヤする。

　まだ出会ったばかりなのに、こんな気持ちになるなんて。埜夜くんがモテモテだって、別に自分には関係ないのに。

　わたしどうしちゃったんだろう……？

「ゆず」

「……はっ、うわっ！　埜夜くん⁉」

「どうかした？」

「え、やっ、どうもしないけど！　……ってあれ、女の子たちは？」

　気づいたら、埜夜くんの周りにいた女の子たちみんないなくなってた。

「あー、あれならどっかいったけど」

「あ、そうなんだ」

「いちいち相手するの疲れるし。ってか、会話するのも無駄だし面倒」

なんか埜夜くん塩対応だ。いつもと態度が全然違う。

そんな埜夜くんが、わたしのそばにいてくれる理由ってなんだろう？

羽澄家の後継者がわたしで、たまたま仕えることになったから？

それとも、他に何か理由があるのかな。

＊　＊　＊

夜寝る前、埜夜くんがわたしの部屋を出る寸前のこと。

「埜夜くんは女の子に興味ないの？」

「急にどうした？」

ベッドの上でクッションを抱えながら、なんとなく口にしてた。

なんでこんなこと聞いたんだろう？　自分でもわからない。

「いや、その……今日女の子たちに囲まれてたから」

「ゆずしか興味ないけど」

「え、えっ⁉」

「俺がゆず以外の子に興味あるとか思ってんの？」

こ、これはまずい……かも。埜夜くんが危険な顔して近づいてきてる。

「こんなにゆずしか見てないのに」

埜夜くんがベッドに乗ると、ギシッと軋《きし》む音がする。

それに、どんどんわたしとの距離を詰めてきて。

わたしの髪をそっとすくいあげて、そのまま髪に軽くキスを落とした。

「まだわかってないんだ？」

こういうことがさらっとできちゃう埜夜くんに、やっぱりドキドキしちゃう。

うぅ、わたし単純すぎるかな。

「だ、だって……埜夜くんかっこいいしモテるから、その……」

「ゆずだけなんだよ。俺のぜんぶを独占できるの」

今度は手の甲に軽くキスされて。

「もっと独占していいんだよ」

「うぁ、ぅ……っ」

唇をうまく外して、頬《ほお》とかおでこにもたくさんキスしてくるの。

触れ方が優しくて甘くて、くすぐったい。

「俺もゆずのこと独占したくてたまんないのにね」

「つ、付き合ってもないのに」

こうやって触れたりキスしたりするの違う気がする。

「今はまだね」

何か含《ふく》んだような言い方。

「ゆずは俺のことだけ考えてたらいいんだよ」

なんて、埜夜くんはたまに強引なことを言う。

＊　＊　＊

「よしっ、埜夜くんいない……！」

放課後。周りを見渡して、クラスから抜け出すことに成功。
なんでこんなコソコソしてるかというと。
最近わたしひとりでの単独行動を許してもらえない。
埜夜くんが過保護だから、ひとりでお屋敷の外にも出させてもらえない。
授業も慣れないことばかりだし、たまにはお嬢様生活から抜け出したくもなるわけで。
「わー、久しぶりに駅のほう来たかも！」
いつも車移動で学園とお屋敷の往復だし、外に出かけるときは埜夜くんも一緒。
だから、今日くらいは羽目《はめ》を外してもいいかなって。
いちおう埜夜くんには、ひとりで出かけるってメッセージは入れたけど。
「心配性な埜夜くんのことだから、すぐに連れ戻しにきそう」
埜夜くんが来る前に、駅構内をぐるっと探索《たんさく》。
新しいチョコレート専門店に、レモネードが美味しいお店。
久しぶりすぎて、目移りしちゃうなぁ。
しばらくひとりの時間を満喫《まんきつ》して、そろそろお屋敷に帰ろうとしたんだけど。

「あれ、なんか変な道に入ったかも」

路地裏っぽいところで、駅のほうに戻れない。

迷路《めいろ》みたいで全然駅が見えないし、人通りが少なくてちょっと怖いかも。

にぎやかな駅のすぐそばに、こんな閑散《かんさん》とした場所があるなんて。

ここにずっといるのは危ない気がして、早足で駅のほうへ歩いてると。

「ねー、そこの可愛い子」

真後ろから急に腕をつかまれて、びっくりして振り返った。

「わっ、お前が言った通りマジで可愛いじゃん！」

見るからにヤバそうな、派手な見た目の三人組に絡まれてしまった。

「おっ、つーかこの制服って英華学園じゃね？」

「あー、お嬢様学校って呼ばれてるところか。こんな可愛い子がひとりでいるなんてラッキーだな」

ここは相手にせずに会話しないほうがいいかも。

目を合わさないように、このまま立ち去りたいのに。

「可愛いお嬢様がひとりでいたら危ないよー？　俺たちと一緒においでよ」

腕をつかまれてるせいで、振りほどかないと逃げられない。

「ね、俺たち怖くないからさ。どうせなら愉《たの》しいことしようよー」

「だ、大丈夫……です。えっと、わたしもう帰らないと……」

「わー、声もそそられる。俺たち今さ、誰か可愛い子が相手してくれないかなーって探してたわけ」

少し雑に身体を壁に押さえつけられて、真後ろは冷たいコンクリート。

目の前に三人……わたしを囲んでニタニタ笑ってる。

「なー、ここじゃなくてホテル移動しね？」

「俺も賛成だわ。ゆっくり愉しみてーしな」

首筋のあたりを指で撫でられて、身体が凍《こお》るようにゾクゾクする。

「やっ……触らないで……！」

「涙目とか逆に興奮するんだけど」

やだ、ほんとに気持ち悪い……っ。力じゃ全然かなわない。

「可愛いねー。もっと声出してくれていいんだぜ？」

「は、離してってば……！」

このまま抵抗しないと何されるかわからない。自分でなんとかしなきゃ。

腕に力を入れて振り下ろそうとしても、簡単に押さえつけられる。

「ははっ、そんな弱い力じゃなんも効果ないって」

「ほんとに、もうやめて……！」

触れてくる手も、声も気持ち悪くて、身体にある熱がぜんぶ引いていく感覚。

「なー、もっと声聞かせろよ。盛り上がらねーじゃん」

「まあ、落ち着けって。このままホテルでたっぷり遊んでやろーぜ」

最後につかまれた手を、もう一度振り払おうとしたとき。

ドンッと壁が蹴《け》られたような、ものすごい大きな音がした。

「その汚い手……離せよ」

この声……ぜったい埜夜くんだ。

「はぁ？　お前いったい――」

「……離せって言ってんだよ」

この場の空気が凍りそうなくらい……鋭《するど》くて冷たい声。

「なんだお前？　邪魔するつもりなら容赦《ようしゃ》しねーよ？」

相手は三人もいて、埜夜くんが圧倒的に不利な状況。

わたしのせいで、埜夜くんを危険に巻き込んでる。

「……汚い手でゆずに触るな」

「はぁ？　お前のその口の利き方ムカつくんだよ！」

ひとりの男の子が、埜夜くんに拳《こぶし》を振りかざした瞬間。

怖くてとっさに目をギュッと閉じてしまった。

その直後、人が殴《なぐ》られたような鈍《にぶ》い音がして。

少しの間をおいて、地面にドサッと倒れ込む音も耳に入ってきた。

「……ぐはっ、ま……て」

苦しそうなこの声は、埜夜くんじゃない。薄っすら目をあけると……。

「たの、む……。それ以上は、やめてくれ……っ」

ひとりの男の子が地面に倒れていた。

埜夜くんが男の子の片腕を後ろからつかんで、動けなくしてる。

他の男の子たちはみんな、埜夜くんが放つ空気に圧倒されて今にも逃げ出しそう。

「これですむと思ってんの」

「ぐぁ……っ、う……」

つかんでる腕にさらに力を込めて、相手も苦しそうに声をあげてる。

「もっとわからせてやるよ。柚禾に手出したらどうなんのか」

埜夜くんの瞳が本気だ……。いつもの埜夜くんじゃない。

危険で冷酷《れいこく》で……相手に対する怒《いか》りがおさまるまで、手加減はしないし容赦ない。

「死ぬくらいの覚悟……しておけよ」

とっさに身体が動いて、埜夜くんを止めるためにギュッと抱きついた。

今の埜夜くんは、誰かが止めないと危険すぎる。

「わたしは大丈夫だから！　それ以上、その人を傷つけないで……！」

「……柚禾に怖い思いをさせたんだ。当然の報《むく》いだろ」

「だ、だからって、ここまでしなくても……」

「柚禾に危害を加えるやつらは全員敵とみなす……。このままここで始末――」

「それはダメ……！　わたしを守ってくれる埜夜くんは好きだけど、人を傷つける埜夜くんは見たくないよ」

わたしのために、ここまでしてくれてるのも十分わかるの。

でも、埜夜くんが誰かを傷つける姿は見たくない。たとえわたしを守るためだとしても。

「おねがい、埜夜くん。もう止まって」

すると、少しずつ身体の力が抜けてきた。

握っていた拳をゆっくり下ろして、つかんでいた男の子の腕もパッと離した。

それから三人組はかなりおびえた様子で、足早に去っていった。

「柚禾」

「は、はい」

いつもの〝ゆず〟って呼び方じゃない。

さっきの埜夜くんの様子も含めて、これは相当怒ってるかもしれない。

「……なんでひとりで抜け出した？」

「ご、ごめんなさい。気分転換でちょっとひとりで出かけたくて……」

まさか、埜夜くんにこんな心配をかける事態になるとは思わなくて。

「頼むからいきなり俺のそばからいなくなんのやめて」

優しく抱きしめてきた埜夜くんの身体は、少し震えてた。それに、手が真っ赤になって少し血が出てる。

「ほ、ほんとにごめんなさい。埜夜くんに迷惑かけてケガまでさせちゃって……」

「迷惑なんて思ってない。ゆずを守るのが俺の使命だから」

そのあとすぐに迎えの車が来て、埜夜くんとお屋敷に帰ってきた。

埜夜くんは、わたしの心配ばかりしてくれるけど、今は埜夜くんのケガの処置のほうが最優先。救急箱を用意してもらって、わたしがケガの手当てをすることに。

「指のところ血が出てるし、痛いよね。わたしのせいでほんとにごめんなさ――」

「もう謝るの禁止。ゆずが無事ならそれでいい」

「で、でも……」

「ただ、ゆずにはもう少し自覚してほしい」

埜夜くんが真剣な様子で言った。

「ゆずが羽澄家の後継者だって知って、狙ってくるやつもいるかもしれない」

羽澄グループは日本国内で名が知られている。

そのグループの後継者のわたしが狙われることだって、あるかもしれないんだ。

ただ息抜きで、軽い気持ちでいたけど。

そういう危険な目に遭うことも、きちんと理解してないといけなかったんだ。

「わたしが後継者だって自覚が足りてなかったせい……だね」

「ただ、今回のことでゆずが自分を責める必要はない」

「どうして……？」

「ゆずはたしかに立場上、軽率《けいそつ》な行動は控えないといけない。ただ、それでゆずの自由がぜんぶ奪われるのは違うと思う。だから、俺にゆずを守らせてほしい」

どうして埜夜くんは、わたしにここまでしてくれるの？

「俺にとってゆずは特別な存在だから」

埜夜くんからすごく伝わってくる。

言葉でも行動でも……ぜんぶが埜夜くんにとって、わたしが特別だってこと。

わたしの中でも、少しずつだけど埜夜くんが特別で……そばにいてほしい存在になってる。

毎日一緒にいるからなのかな。出会ってまだ数ヶ月なのに、昔から知っていたみたい。

だから。

「わたしにとっても、埜夜くんは大切なの。だから、あんまり無茶しないでほしい」

埜夜くんの手の上に、そっと自分の手を重ねると。

そのまま抱き寄せられて、埜夜くんの腕の中へ。

「……そんなこと言われたら期待するんだけど」

「っ……？」

「ゆずにとって俺が……」

続きの言葉を待っていたけど、そこから先の言葉は途切れたまま。

ただ代わりに抱きしめる力はギュッと強くなった。

言葉がなくても、大切にしてもらえてるのがわかるくらい――埜夜くんの腕の中はいつもあたたかくて安心する。

＊　＊　＊

「今日も疲れたぁ」

また数日後。お風呂に浸《つ》かって、今日一日の振り返り。

相変わらず授業がハードすぎて、ここ最近夜になるとぐったりしちゃう。

初《しょ》っ端《ぱな》からこんな調子で、三年後の卒業セレモニーに参加できるのかな。

でも、後継者として認めてもらうためにも、日々頑張らなきゃだよね。

お風呂から出てベッドに倒れ込んでると、タオルを持った埜夜くんがこっちにやって来た。

「髪乾《かわ》かさないと風邪ひく」

「もう疲れたからこのまま寝たい……」

「俺が乾かすから」

脇の下に埜夜くんの手が入ってきて、そのまま抱っこでソファのほうへ。

「ふぁ……もう眠いよ……」

「髪乾かしたら寝ていいから」

クッションを抱えたまま寝ちゃいそう。

ドライヤーの風も心地いいし、きもちよすぎて、うとうとしちゃう。

ブラシで丁寧《ていねい》にとかしてくれて髪がさらさら。

「埜夜くん、いつもありがとう」

「このままベッドまで俺が運ぶから」

わたしをひょいっと抱き上げて、お姫様抱っこでベッドのほうへ。

いつもならベッドの上におろしてくれるんだけど。

わたしを抱っこしたまま、埜夜くんがベッドに座ってる。

「ゆず最近疲れてる?」

「え、あ……疲れてないって言ったら嘘《うそ》になるかも」

慣れない環境《かんきょう》で、少し疲れがたまってるのかな。

「んじゃ、リラックスする方法試してみる?」

「へ……?」

わたしの背中に回ってる埜夜くんの手にグッと力が入って。

そのままぜんぶをあずけるように、埜夜くんに抱きしめられた。

「ハグするとリラックス効果あるらしいよ」

埜夜くんの体温を近くで感じて安心するけど、それ以上にドキドキしちゃって。

「う……なんか目が冴《さ》えてきた……」

「さっきまであんな眠そうにしてたじゃん」

「埜夜くんがこんなことする……から」

「するからどうしたの？」

「ドキドキして眠れないの……っ！」

これじゃ、リラックスどころか心臓に悪くて落ち着かないよ。

「へぇ……俺にドキドキしてるんだ？」

「だって、埜夜くん近い……」

「ゆずが嫌なら離れるけど」

「う……や、あんまり近すぎるのは……」

「じゃあ、どれくらいならいい？」

抱きしめる力を少しゆるめて、わたしの顔をひょこっと覗き込んでくる。

「あ、ぅ……どれくらいとか、わかんない」

恥ずかしすぎて、それを隠すために顔をそらした。

それを見て埜夜くんがクスッと笑う。

「俺はゆずに触れたくて仕方ないのにね」

なんて言って、もっとギュッてしてくるの。

次第に眠気がグッと強くなってきた。まぶたが重くてうとうと……。

「ゆず」

「ん……。やよ、くん……」

「あー……ほんとなんでこんな可愛いんだろ」

眠くてボーッとする意識の中で。

「早く俺のものにしたい」

そんな声が聞こえた気がした。

第二章

埜夜くんは完璧執事

茶道の授業にて。

「う、あ……足が、痺《しび》れて……」

さらに書道の授業。

「ふ、筆を持つなんて小学校以来……」

美術は模写《もしゃ》が課題。

「見たまま描くだけなのに、なんでこんな難しいの……」

特殊な授業にいまだ苦戦中のまま、テスト期間へ突入した。

英華学園はテストも変わっていて、普通科目の筆記の他に、茶道や生け花などの実技《じつぎ》もある。

実技の中にはなんと着付けまで含まれていて、自分で着物を着られるようにならないといけない。

お屋敷内に和室もあって、着物もあるので日々特訓……なんだけど。

「埜夜くんは着付けできるの？」

「もちろん」

お屋敷の和室にて、埜夜くんに着付けのやり方を教えてもらってる。

わたしなんて着物をはじめて見たくらいなのに。そもそも着る機会がないし。

「まず俺が着せるから」

きれいな和柄の着物を用意してもらえたけど、ひとりで着るの難しすぎない？

埜夜くんは、何も見ずに手際よく進めてるけど。

着付け初心者のわたしは、何がなんだかよくわからないまま。

「ゆずこっち向いて」

「や、やだ……」

「覚える気ある？」

「あ、ある……けど！」

こんなはだけた状態を見られるの無理……！

「ゆずの顔見えないんだけど」

「うぅ、見えなくても別に問題ないでしょ?」

「あるよ。俺が見たいから」

「会話が成り立ってない……っ!」

恥ずかしくて自分の顔が真っ赤なの、見なくてもわかる。

それくらい、今のわたしはいっぱいいっぱい。なのに埜夜くんは、ちっとも手加減してくれないの。

「ひゃ……っ、今度はなに?」

「ん? 髪ひとつにまとめたほうがいいかって」

急に髪をすくいあげられて、埜夜くんの手が首筋に触れたからびっくり。

「ほんとゆずは何しても可愛いね」

「っ!? な、なに急に!?」

「俺がいつも思ってること言っただけ」

……なんて、またドキドキさせること言ってくるから。

しばらく下を向いておとなしくしてると。

帯《おび》を締《し》めるために、埜夜くんが畳に片膝をついた。

「俺の言葉に顔赤くして……可愛い」

「うぅ……見ちゃダメ……！」

下からわたしを見上げて、愉しそうにクスクス笑ってる埜夜くん。

ほんとに手際がよくて、あっという間に着付け完了。

埜夜くんばかりに気を取られすぎて、着方あんまり覚えられなかった気がする。

「これひとりで着られるのかな……」

埜夜くんはさらっと着せてくれたけど。

「俺が何回でも教えるし」

「が、頑張る……！」

それから他の実技に向けても、実践的な練習に付き合ってくれた。

「これ、実技で注意するところまとめておいたから」

「あ、ありがとう!!」

埜夜くんのおかげで、なんとか乗り越えられそうな気がする！

それからテストまで毎日、お屋敷に帰ってからタブレットとにらめっこ。

授業で勉強したこと、埜夜くんにまとめてもらったことをひたすら復習。

そんな毎日を繰り返し……あっという間にテストが始まる前夜。

頭の中にいろんなことを詰め込みすぎて、すでにパンクしそう。

「ゆず」

「…………」

「ゆーず」

「…………」

「柚禾」

「……はっ！　埜夜くん！」

「どうした？　さっきから名前呼んでも返事ないし」

「あっ、いや……テスト前で頭の中がいっぱいで」

入学してはじめてのテストで、普通科目のレベルは高いし、特殊な科目のテストだってあるわけで。

ここできちんとした成績を残せなかったら、挽回《ばんかい》とか難しいかもしれない。

いろんな不安と重圧を感じてしまう。

「あんま気張らずにリラックスすればいい結果につながるから」

「うん、頑張るね……！」

晩ごはんを食べたあと、お風呂に入ることに。

お風呂がいちばんリラックスできる場所だから、いつも長湯《ながゆ》しちゃう。

あんまり遅いと、のぼせてるんじゃないかっていつも埜夜くんが心配してる。

「わぁ、ラベンダーの香りだ」

お風呂の中が、いい匂いに包まれてる。

ラベンダーの香りには、リラックス効果があるって埜夜くんが言ってた。

お風呂から出ると、よく眠れるようにってハーブティーまで淹《い》れてくれた。

「あの、埜夜くん。お風呂ありがとう」

「少しでもリラックスできた？」

「うん。いつも本当にありがとう」

埜夜くんは普段から執事として、気遣いもサポートもぜんぶ完璧。

そんな埜夜くんだから、頼りたくなったりするのかも。

あとちょっとしたら寝ようかな。少し涼《すず》もうかと思って窓のほうへ。

「わわっ……！」

お風呂あがりでボーッとしてたのか、足を滑《すべ》らせてそのまま埜夜くんの胸の中にダイブ。

よ、よかったぁ……埜夜くんがいてくれて。

「ゆずから抱きついてくるなんて積極的じゃん」

「これは不可抗力だよ！」

「んじゃ、俺が触れるのもあり？」

「だ、だから、埜夜くん近いんだってば！」

愉しそうに笑いながら、わたしの腰のあたりに手を回して離してくれない。

「ってかさ、ゆずのそれ無自覚？」

「何が？」

「その上目遣い。いつも食らう俺の身にもなってほしい」

「えぇっと……」

よくわからなくて首を傾《かし》げると、埜夜くんはさらに深いため息をつく。

「はぁ……やっぱそれ狙ってんの？」

おでこがコツンと触れて、ものすごい至近距離で視線が絡んでる。

そらそうとするのを許してくれない。

「俺にしかやってないよね」

「こ、こんなに近くにいるの埜夜くんだけだよ」

「俺以外の男の前でやったら相手の存在ごと消す」

「それは物騒《ぶっそう》すぎるよ」

「ってか、ゆずの周りに男がいたら即刻排除する」

「だ、だからぁ、そんな怖いこと言うのダメ！」

唇の前でバッテンを作って、キリッと睨《にら》んでみた。

でも、どうやらあんまり効果がなかったようで。

「やっぱゆずはなんもわかってないね」

指を絡めてキュッとつながれて、再び埜夜くんの腕の中へ。

「ゆずは俺のこと無意識に殺しにかかってる？」

「な、なんでそうなるの!?」

「ゆずに触れたいの我慢してんのに……俺の理性試してんだ？」

「そんな抱きしめたらわたしつぶれちゃう……」

「まだそんなこと言ってる余裕あんの？」

危険なささやきが耳元で聞こえたのとほぼ同時。

埜夜くんの大きな手が、わたしの頬に触れたり、指先は唇に触れてきたり。

「ゆずに触れたい衝動《しょうどう》抑えてんのに」

お互いの唇が触れるまで、ほんの少し……埜夜くんがピタッと止まった。

「……まだここにはキスしないけど」

「ん……っ」

わたしの唇を指先で軽く押しながら。

「あんま可愛いことばっかしてると俺に奪われるかもよ」

危険で甘く笑ってる埜夜くんに、やっぱりドキドキしちゃう。

お嬢様と執事の絆はいかに

お嬢様としての生活が始まって、気づいたらもう三ヶ月が過ぎようとしてる。

不安だったはじめてのテストも、無事なんとか乗り越えることができた。

「やっといろいろ落ち着いたぁ……！」

普通科目の筆記テストも、なんとか全教科平均点を超えることができ……実技のテストも問題なくすべて合格。

これもぜんぶ埜夜くんのおかげ。遅くまで勉強に付き合ってくれたり、他の面でもいろいろサポートしてもらったから。

埜夜くんがいなかったら、どうなってたことか。

今日の夜は久しぶりにゆっくり過ごせそう。

ここ最近ずっと勉強ばかりで自分の時間を作れなかったからなぁ。

「あ、この映画いいな」

毎年いろんなシリーズが映画化されてるんだよね。

わたしが何気《なにげ》なくつぶやいたのを、埜夜くんは聞き逃さなかった。

「テスト頑張ったことだし、今から観る？」

あっ、もしかして今からレイトショーとか？　でも高校生だから無理だよね？

――なんて、どうやらわたしの想像とは違ったようで。

埜夜くんに案内された場所は、まさかのお屋敷の中にあるシアタールーム。

ちょ、ちょっとまって。このお屋敷いろいろ充実しすぎてない⁉

「やっぱりお金持ちの世界ってすごすぎる……」

まだまだこの生活に慣れないながらも、ようやく日常が落ち着いてきたかと思いきや。

＊　＊　＊

とある日の放課後に事件は起きた。

今日もなんら変わらない一日のはず……だったんだけど！

「はい、羽澄さん確保！」

学園内の中庭をひとり散歩していたら、突然理事長さんが現れた。ちなみに埜夜くんは今、理事長室に呼ばれているはずなんだけど。

その理事長さんが、なんでここに？　ってか、確保ってなに⁉

「はーい、逃げちゃダメですよ」

「え、ちょっ、え⁉」

何も教えてくれないまま、理事長さんがわたしの背中を押して、学園内のとある一室へ。中庭を抜けて、さらに奥にある目立たない場所。

こ、ここどこ？　というか、学園内にこんなところあったんだ。

「ここはね、わたしの秘密基地みたいな場所なのよ〜」

「ひ、秘密基地⁉」

「ほら、理事長室ってお堅い雰囲気じゃない？　わたしそういうの苦手なのよ」

いやいや、いちおうこの学園の理事長さんなのに？

はじめて会ったときから、楽観的な感じの人だなぁとは思っていたけど。

「ここね、学園内の人間にもほとんど知られていない場所でね。だから、わたしが隠《かく》れるときによく使うの」

「か、隠れる？」

「仕事とかに追われるとね、ひとりになりたくなるときがあるのよ〜」

な、なるほど。理事長さんっていろいろ大変なのかな。

にしても、理事長さんの行動が謎《なぞ》すぎるよ。

「あのー、それでわたしがここに連れてこられた理由は？」

こうしてる間も、埜夜くんが心配してるかもしれないし。

できれば早くクラスに戻りたいんだけど……。

「題して、お嬢様かくれんぼ！」

「は、はい？」

お嬢様かくれんぼ⁇　……って、なに⁉

「お嬢様と執事の絆を試すのよ！」

「な、なんですかそれ⁉」

理解がまったく追いつかないわたしと、なぜか乗り気で楽しそうな理事長さん。

「あなたを誰よりも想ってる執事なら、すぐに見つけられると思うわよ〜。だから、羽澄さんはしばらくここにいてね？」

「えっ、わたし戻れないんですか⁉」

「大丈夫よ〜。信頼してる執事があなたをぜったい見つけてくれるから〜」

な、なんてテキトーな……。また埜夜くんに心配かけることになるんじゃ……⁉

「わたしはいったんここを離れるわね！　あっ、ちなみにこの部屋の鍵《かぎ》は外からじゃないと開かないから〜」

「ええ⁉」

じゃあ、埜夜くんに見つけてもらうまで外に出られないってこと⁉

「でも安心して！　一時間後には自動でロックが解除《かいじょ》されるから！」

「え、ちょっ……」

「あと何かあれば、そこに理事長室だけに直接つながる電話があるから〜。それ使ってちょうだいね」

なんて破天荒《はてんこう》な理事長さん……。去り際にバイバイって手を振って、ハイテンションなまま部屋を出ていっちゃったし。

さてどうしよう。わたしがここにいるのは誰も知らないし。

お嬢様と執事の絆を試すためって、理事長さんは言ってたけど。

そうなると、まずはわたしから埜夜くんになんとかしてこの状況を知らせないと。

「スマホは……カバンの中だ」

こういうときに限って……！

「なんとか出られそうなところないかな」

部屋中どこを見ても、抜け出せそうなところないかも。

こうなると、埜夜くんに見つけてもらうのは無理なのでは？

そもそも、埜夜くんはこの場所を知ってるのかな。学園の人でもあまり知ってる人がいないって、理事長さん言ってたし。

「はぁ……どうしよう」

部屋の中には大きな真っ白のテーブルがあって、お菓子《かし》や飲み物まで置いてある。

ふかふかのソファもあるし、本棚には小説や漫画がたくさん。

これはロックが解除されるまで、おとなしくここにいるしかないのかな……とか思っていたら。

——ガチャ。

「え……ええ⁉　埜夜くん⁉」

少し息を切らして、焦《あせ》った様子の埜夜くんが部屋に入ってきた。

「はぁ……っ、よかった。見つかって」

わたしの姿を見た瞬間、ホッとした表情を見せた。

「ど、どうしてここがわかったの⁉」

「俺はゆずの執事なんだから」

「ご、ごめんね。心配かけちゃって。あっ、でも今回のこれには、ちゃんとわけがあって！」

「理事長の仕業《しわざ》？」

「え、なんで知ってるの？」

「理事長の様子おかしかったから。俺を理事長室に呼んでおいて、当の本人はいないし」

このときからすでに、埜夜くんは何か怪しいって気づいていたみたい。

「理事長室に戻ってきたかと思えば、いきなりこれは絆を試す試練だとかわけのわからないこと言ってくるし」

それで埜夜くんがクラスに戻ると、わたしの姿がなくて。

「ゆずはいないし、連絡も取れないし」

「うっ、ごめんね。わたしがスマホ持ち歩いてれば……」

ついこの前、わたしが内緒でひとりで外に出て、危ない目に遭《あ》ったばかりなのに。

「ゆずがひとりで抜け出すようなことは、もうさすがにないと思ったし」

学園内の警備《けいび》はとても優《すぐ》れているから、外部の人間に連れ去られた可能性は低いって考えた結果。

「理事長がなんか仕掛けたんだろうなって。まあ、いちおうあの人も学園の責任者だから、ゆずを危険な目に遭わせることはないと思ったけど」

だいぶ前、学園内で理事長がよく理事長室以外に使ってる部屋があるって会話を聞いたのを思い出したらしく……それでこの場所にたどり着いたみたい。

「や、埜夜くんすごい……」

わたしのそばにきて、そのままギュッと抱きしめてくれた。

やっぱり埜夜くんは、どんなときでもわたしをいちばんに助けにきてくれる。

ここ数ヶ月、埜夜くんと一緒にいて思ったの。

すごく大切にしてもらって、守ってもらえてるんだって。

きっと、埜夜くんなら……わたしのどんなピンチでも助けにきてくれるって、信じてる部分もあって。

信頼というか……これがお嬢様と執事の絆みたいな？

「埜夜くんだから……信頼できるのかも」

出会って一緒に過ごしてきた時間は、まだそんなにないかもしれないけど。

出会った頃よりも、埜夜くんとの距離は少しずつ近づいてる気がするの。

「ゆずにそう言ってもらえてうれしいよ」

「……埜夜くんは、どうしてわたしの執事になったの？」

今まで詳《くわ》しい理由は聞いてこなかったけど、今ふと知りたくなった。

すんなり答えてもらえるかと思ったら、しばらく黙り込んだまま。

聞いちゃいけないこと……だったかな。

すると、ゆっくりわたしの身体を離した。

「ゆずが俺を――いや、なんでもない」

途中まで言いかけたけど、その先の言葉は聞かせてもらえず。

ただ——真っすぐで真剣な澄んだ瞳から、何か伝わってくるものがあって。

「ゆずを……いちばん近くで守りたいから」

この言葉の意味を理解できるのは、もう少し先のこと。

いざ舞踏会へ

もうすぐ夏本番の七月。

「あ、そっか！　もう舞踏会《ぶとうかい》の時期なんだぁ」

「ぶ、舞踏会⁇」

実海ちゃんが、タブレットで年間のスケジュールを見ながら楽しそうにしてる。

「毎年ね、この時期にある行事なんだよ～」

「えっ、そうなの⁉　それってみんな参加？」

「もちろんっ。特進科の生徒だけの行事だから全員参加だよ！」

「英華学園では、特進科のクラスの生徒のみ、舞踏会が毎年恒例行事のひとつとなっています」

そばにいる加賀美くんが説明をしてくれた。

それにしても、舞踏会が恒例行事って……やっぱりお金持ち学園はすごすぎる。

「お嬢様が参加するのはもちろん、わたくしたち執事もお嬢様のパートナーとして参加いたします」

なんでも舞踏会でお嬢様と執事が一緒に踊《おど》るみたい。

「今年はどんなドレスにしよう〜」

「実海お嬢様にあわせて、すでに何着かわたしのほうで選んでおりますので」

「えー、たのしみっ！」

もはや当たり前のような感じで会話が成立してるけど、わたしにとっては舞踏会があること自体が驚《おどろ》き。

そばにいる埜夜くんをじっと見ると。

「柚禾お嬢様ももちろん参加ですよ」

ドレスを着て舞踏会……一難去ってまた一難……。

＊　＊　＊

そしてこの日から、舞踏会に向けて学園のホールでレッスンがスタート。

舞踏会当日はドレスだけど、練習のときは制服のまま。

でも、足元だけは慣れるようにって、練習用のヒールが用意されたんだけど。

「こんなヒールで踊ったら足グキッてなるよ！」

「大丈夫です。わたしがフォローいたします」

これは踊る以前の問題では⁉

今も埜夜くんに支えてもらって、やっと立ててるくらいだし。

こんな調子で大丈夫なのかな。

舞踏会当日は大きなホールを貸し切って、みんなの前で踊るらしい……。

「ゆずは俺にあわせてくれたらいいよ」

「足引っ張らないように頑張るね……！」

けど、そもそもあわせるとか、どうしたらいいの？

「ほらもっと俺に身体あずけて」

「うわっ、近いよ埜夜くん……！」

「そんな離れてたら踊りにくいから」

ホールにはわたしたち以外にも人がいるのに。

埜夜くんは、周りのこととかあんまり気にしてなさそう。

「ゆずは覚えがいいから。練習の回数重ねたら自然と身体が覚えると思う」

それから何日間か、放課後に埜夜くんとホールに残って練習の繰り返し。

ってか、埜夜くんすごすぎない？

さらっと踊りもこなしちゃうし、わたしをリードする余裕まである。

やっぱり埜夜くんは完璧で、できないことなんてないのでは？

――で、そんなこんなで今日は舞踏会で着るドレスを選ぶ日。

お屋敷のとある部屋に案内されて、これまたびっくり。

「う、うわぁ……すごい……」

「ゆずにあわせてぜんぶオーダーメイドで用意してるから」

色も形もデザインも様々なすごい数のドレス。

他にもドレスにあわせたピアスやネックレス、ブレスレットなどなど……アクセサリーもたくさん。もはや部屋がクローゼットになってる。

「ゆずが気に入ったの着るといいよ」

「すごすぎて逆に選べないよ」

「んじゃ、俺がゆずに似合いそうなの選んでいい？」

というわけで、埜夜くんにおまかせ。

選んでくれたのは、ラベンダーカラーのドレスと、グリッターの粒《つぶ》が大きめな白のドレスと、薄いピンクのロングドレス。

「わぁ、どれも可愛いね！」

早速着てみることになったんだけど……埜夜くんが部屋から出ていってくれない。

むしろ着替えるの手伝おうとしてる？

「ま、まって！　着替えは自分でやる！」

「ゆずがひとりで？」

え、何そのできるの？みたいな顔。

「や、埜夜くんは部屋の外で待ってて！」

なんて強がってみたものの……。ドレスなんてまったく着たことないから。

試行錯誤《しこうさくご》、頑張ってみた結果。

「や、埜夜くん……」

「どうした?」

「うまく着られない……」

「だろうね。俺が手伝うから」

着物といい、ドレスといい。そもそも着慣れてないものが多すぎるんだよぉ……。

「ぅ……やよ……くん、まだ……?」

「着せるの大変なのわかってる?」

「わ、わかってる……けど!」

首の後ろで結ぶリボンが、少し肌に触れたくらいなのに。

「っ……ひゃ」

うぅ、変な声出る……。くすぐったくて、身体も勝手に動いちゃう。

「ゆずさ、そうやって煽る声出してんのわざと?」

「ふぇ……っ、どういう……こと」

首を傾げながら埜夜くんを見つめると、なんでか深くため息をついてる。

なんか前にもこんなことあったような。

「じっとしてないと変なところ触るよ」

「へ、変なところ⁉」

「たとえば……ここどか」

「っ、や……ぅ」

わたしの背中を指で軽くなぞったり、耳元でささやくのもずるい……。

「ほらそうやって誘うような反応ばっかする」

「すぐそういうことしようとするのダメ……！」

「ゆずが可愛すぎるのが悪いんじゃない？」

「な、なっ……、可愛いって言うのも禁止……‼」

「なんで？」

「や、埜夜くんに言われるとドキドキする……から」

「はぁ……それ無自覚？　止まんなくなるんだけど」

「っ⁉　と、止まって埜夜く──」

「……無理」

ひょいっと抱きあげられて、近くにあった窓のふちにゆっくり下ろされた。

この高さだと、わたしが埜夜くんを見下ろす体勢に。

「この角度のゆずもたまんないね」

「う……唇触るのダメ……っ」

「ゆずがほんとに嫌ならやめるよ」

「っ、ずるい……そんなこと言うの」

ほんとに嫌だったら、こんな近くにいない。きっと埜夜くんも、わたしが拒《こば》まないのをわかってる。

だから、甘く誘い込んでくるのがとってもずるい。

＊＊＊

そんなこんなで迎えた舞踏会当日。

いま車で会場に向かってるところなんだけど……埜夜くんがいつもよりとびきりかっこいいの。

わたしのドレスにあわせて、黒のタキシードに革靴。それに、前髪もあげてセットしてるから。

「ゆず？」

「う、あ……今日の埜夜くん心臓に悪い」

「なんで？」

「いつもと雰囲気違って、大人っぽい……から」

「それならゆずだってきれいだよ……ずっと見てたいって思うくらい」

「埜夜くんストレートすぎ……っ」

「誰にも見せたくない」

「も、もうわかったからぁ……！」

これ以上ドキドキさせられたら、舞踏会の前に倒れちゃう。

「俺これでも抑えてんだよ……夜が待ちどおしい」

「夜……？」

「早く可愛いゆずとふたりっきりになりたくて仕方ないから」

「……っ、もう！　この話はこれで終わり！」

車が目的地に到着。

ドレスは薄いピンクのロングドレスにした。腰のあたりに大きなリボンが結ばれていて、やわらかく膨らんだ袖が可愛いパフスリーブと呼ばれるデザインのもの。

髪は毛先を軽く巻いてもらって、ゆるくハーフアップにしてもらった。

舞踏会が行われるホールで実海ちゃんと合流。加賀美くんも一緒だ。

「わー、柚禾ちゃんのドレス可愛い〜!!」

「み、実海ちゃんも可愛いよ！」

エメラルドグリーンのドレスが、実海ちゃんの雰囲気にとても合ってる。

「柚禾ちゃんの可愛さには負けちゃうよ！　ね、加賀美？」

「実海お嬢様も素敵ですよ」

「ほんとにそう思ってる〜？」

「もちろん」

すると、このふたりのやり取りをそばで見ていた埜夜くんがズバッと。

「爽斗は相変わらず自分のお嬢様に甘いね」

「ははっ、埜夜には言われたくないな」

そういえば、埜夜くんと加賀美くんって幼なじみなんだっけ？

何気にふたりがこんなふうに話してる姿、はじめて見たかも。

「埜夜こそ、柚禾お嬢様がいちばんって顔に書いてあるけど」

「ゆずは俺の世界でいちばん可愛いから」

「クールで誰にも見向きもしない埜夜を、ここまで夢中にさせるってすごいな」

「ゆずの可愛さ舐めないほうがいいよ」

「はいはい」

ふたりとも、何を話してるんだろう？

すると、埜夜くんがわたしのほうへ来た。

「行きましょうか、柚禾お嬢様」

「執事モードの埜夜くんだ」

わたしの手を引いて、舞踏会のホールへ。

ますます緊張してきた……。心臓のドキドキは最高潮。

脚も少し震えてるし、緊張と不安でいっぱいだけど……。

「俺に呼吸あわせてくれたら、あとは俺がリードするから」

やっぱり埜夜くんはいつも頼りになる。

……埜夜くんと一緒なら大丈夫って思えるんだ。

＊＊＊

舞踏会の煌《きら》びやかな雰囲気に呑《の》まれそうだったけど、埜夜くんのおかげでなんとか踊り切ることができた。

正直うまくできたか自信ないし、踊ってたときのこと全然覚えてない。

でも、無事に終わってすごくホッとしてる。

緊張がほどけたせいか、終わった途端その場に崩れそうに。

「……っと、ゆず大丈夫？」

「うっ、ごめんね。ホッとしたら脚にうまく力が入らなくなって」

今もフラフラで、埜夜くんに支えてもらってる。

「テラスで少し夜風にあたる？」

「……わわっ」

びっくりしてる間に、わたしをお姫様抱っこしてテラスへ。もう夏だけど、夜はまだ少し涼しいかも。

そばにあったひとり掛けの椅子に、そっとおろしてくれた。

「だいぶ疲れた？」

「う、うん。けど、いい経験になったかなって思う」

こうしていろんな機会をもらえるのって、貴重なことだから。

同時にもっと成長しなきゃいけないなって思えた。

これから先……どんな試練や困難が待ってるかわからない。それをぜんぶ乗り越えていかなきゃいけないから。

「いつも埜夜くんに助けてもらってばかりで……本当にありがとう！　わたしも今よりもっと成長できるように頑張らないとだね！」

「ゆずは新しい環境で十分すぎるくらい、たくさん頑張ってるよ」

何かを思い出すような、優しい瞳をしてる埜夜くん。

わたしの目をじっと見つめて、わたしの両手をギュッと握りながら。

「ゆずのひたむきさとか、真っすぐさとか……何もかも昔から変わってない」

「む、昔からって……」

わたしと埜夜くんは、ほんの数ヶ月前に出会ったばかりなのに。

それとも、昔どこかで会ったことがある……とか？

「そんなゆずだから……俺もそばにいたいんだよ」

埜夜くんの顔が、ゆっくり近づいてきた。

唇が触れる寸前……まるで触れるのをこらえるように、ピタッと動きを止めて。

だけど、自然と引き寄せられるように……ふわっと唇が重なった。

きっとこのキスを拒むこともできたのに、それをしなかったのは――。

「……ゆずにしかこんなことしない」

「んっ……」

唇から伝わる熱に、これでもかってくらい身体が痺れてる。

息が苦しいのに……でも離れたくないなんて。

キスの甘い熱に呑まれて。

「好きだよ――柚禾」

そんな声が微《かす》かに鼓膜《こまく》を揺さぶった。

甘くて熱い埜夜くん

埜夜くんとキス……した。

それに、これは記憶違いかもしれないけど、好きって言われたような気もする。

そんなことがあれば、当然埜夜くんを意識してしまうわけで。

「ゆず？」

「は、はい！」

「朝食どうする？　パンかごはんどっちがいい？」

「えっと、朝ごはんいらない……！」

お屋敷でも学園でも、四六時中埜夜くんと一緒で意識しないほうが無理。

埜夜くんはいつもと変わらずだし。

舞踏会の日、気づいたらわたしはベッドで翌朝を迎えていた。

どうやら、埜夜くんの前で気を失ったらしく、そのままお屋敷に連れて帰ってきてもらった。

……で、翌朝埜夜くんと顔を合わせたけど、キスのことについては触れられず。

結局、朝ごはんを食べずに埜夜くんと迎えの車で学園へ。

さっき朝ごはんいらないって言ったけど、お腹空いたかも。お昼まで我慢かな。

「これ。簡単に食べられるものにしたから」

「え？」

小さなボックスに入ったサンドイッチ。もしかして埜夜くんが作ってくれた？

「ゆずいつも朝ごはん欠かさず食べてたから」

「ありがとう。いま食べる」

やっぱり埜夜くんには、何もかもお見通しみたい。

＊　＊　＊

学園でも、とにかく埜夜くんを意識しないようにすればするほど空回りする。

実海ちゃんと教室を移動してるときも。

「うわっ……!!」

「柚禾ちゃん大丈夫!?」

何もないところで何度も転びそうになるし。

授業中だって。

「羽澄さん。その作法は間違っていますよ」

「え、あっ、すみません！」

「ここ最近同じ間違いが多いので気をつけるように」

「は、はい……」

埜夜くんが近くにいるのを意識しすぎて、いつも通りにできない。

そして迎えたお昼休み。

今日は月に一度の、特進科のお嬢様に仕えてる執事の集まりがある。

埜夜くんは、お昼休みから午後にかけて授業を抜けることになる。

「ゆずが授業終わる頃には戻るから」

「う、うん。わかった！」

ふぅ……これで少しひとりの時間ができる。

この間になんとか気持ちを落ち着かせて――。

「ゆーずかちゃんっ！」

「わわっ、実海ちゃんどうしたの？」

「柚禾ちゃんのほうこそどうかした～？」

「ど、どうもしない……と思う！」

「最近の柚禾ちゃんなんかいつもと違う！　もしかして栖雲くんと何かあった⁉」

「な、なんで⁉」

実海ちゃん鋭い……！

「わぁ、今の反応ぜったい何かあったじゃん‼　えー、気になる‼」

実海ちゃんには相談したかったけど、加賀美くんと埜夜くんがそばにいたからできなかったし。

今がチャンスと思い、埜夜くんとのことを相談してみると。

「ええぇぇ！　それはもう好き確定じゃん‼」

「す、好き⁉」

実海ちゃんは目をキラキラさせて大興奮。

「栖雲くんも柚禾ちゃんが好き、柚禾ちゃんも栖雲くんが好き……つまりこれって両想い⁉」

「っ⁉　まって、実海ちゃん！　なんか話が飛んでない⁉」

「そんなことないよ‼　だって、好き同士なら付き合うだけじゃん！」

「いやいや、埜夜くんは執事としてそばにいてくれてるだけで！」

「え～、でも好きって言われたんでしょ？」

「そ、それはわたしの記憶違いの可能性も……」

「それに、執事としてそばにいるだけなら、キスなんてしないと思うけどなぁ」

「うぅ、どうなんだろう……」

「これは栖雲くんに気持ちをたしかめるしかないよ！」

「え、えぇ⁉　そ、そんなの無理……！」

「なんで⁉」

「だ、だって……」

まだ話してる途中だったのに、タイミング悪くお昼休み終了のチャイムが鳴った。

それから午後の授業中、考えるのは埜夜くんのことばかり。

わたし埜夜くんが好き……なのかな。

だからドキドキして、触れられてもキスされても嫌だって思わない……？

じゃあ、埜夜くんは……わたしのことどう思ってるんだろう?

あのキスはいったいどういう意味でしたのかな。

これじゃ、ますます埜夜くんを意識しちゃう。

＊　＊　＊

そんなある日。朝いつも起こしに来てくれる埜夜くんが来なかった。

代わりに来たのはメイドさん。

「柚禾お嬢様、おはようございます」

「あ、おはようございます。えっと……」

「栖雲さんでしたら、本日お休みをいただいております」

理由を聞いたら、なんと風邪をひいてしまったそう。熱もかなり高くて、回復するまで執事の仕事をお休みするんだって。

だから、その間わたしの身の回りのお世話はメイドさんがやってくれる。

そういえば、昨日の埜夜くんいつもと少し違ってた。朝、起こしに来てくれたとき、ボーッとしてたし。

お弁当を用意してくれたけど、お箸《はし》が入ってなかったり。夜もお風呂の設定温度が、かなり低めになってたり。

思い返してみると、完璧な埜夜くんがこれだけ抜けてるのは珍しい。

今日は授業も休みだし。

埜夜くんは、使用人専用の部屋で休んでるから、行ってみてもいいかな。

いつもお世話になってばかりだし、風邪をひいたときくらい力にならないと！

というわけで、埜夜くんがいるであろう部屋へ。

寝てるかな？　こっそり中に入ると。

「……なに、そこにいるのゆず？」

うわぁ、埜夜くんの察知能力すごい。

「そ、そうだよ。心配だから来たの」

ベッドに横になって、顔が真っ赤な埜夜くん。熱が高いせいもあって、すごくしんどそう。

こんな弱った姿を見たら、ますます心配になる。

「埜夜くんの看病《かんびょう》しようと思って！」

「……俺のことはいいから、おとなしくして」

めちゃくちゃ迷惑そうだし、なんか嫌そう。わたしは埜夜くんのことが心配なのに。

「じゃあ、今だけ限定でわたしが埜夜くんの執事になる！」

「……却下」

うーん……なんか冷たくない？

それに、さっきから全然わたしのほうを見てくれない。

ちょっと前まで埜夜くんのこと意識しすぎて空回りしてたのに、今はそれがぜんぶどこかに飛んでいってる。

「埜夜くん？」

「…………」

む、無視……。こうなったら、埜夜くんの執事として看病頑張るんだから！

執事ってなると……まずは形から入ろう。

お屋敷にいる執事長さんにお願いして、執事服を貸してもらうことに成功。

「わぁ、埜夜くんがいつも着てる服だ！」

これ着てるだけで執事になった気分。あとは髪を後ろでひとつにまとめて……と。

「うん、これで見た目は完璧だ！」

再び埜夜くんがいる部屋に戻った。

「埜夜くーん」

「……なに。出ていったんじゃないの」

「えっとね、さっき埜夜くんの執事になるって言ったでしょ？」

「いや、それさすがに冗談――は？」

埜夜くんが、わたしを見て目をギョッと見開いてる。

「いつもの埜夜くんみたいな格好してみた」

「はぁ……さっきも言ったけど、頼むからおとなしくしてて」

埜夜くん呆れ気味……。やっぱりわたしが看病するの迷惑なのかな。

「埜夜くんが心配で。いつもお世話になってるから、わたしで役に立てることあったらしたいなと思って」

「……その気持ちはうれしいんだけどさ」

熱を持った埜夜くんの手が、わたしの手首をつかんだ。

そのまま軽く引かれて、身体がベッドのほうへ。

「ゆずは俺のことなんだと思ってんの」

「……え？」

「俺いま熱あって、ただでさえ抑えきかないのに」

「うぇ……、あ、手……っ」

埜夜くんの熱い手が、わたしの首筋から鎖骨《さこつ》のあたりに触れてる。

ただちょっと肌に触れられただけなのに。

「理性とかなんもあてにならないんだけど」

埜夜くんだって意識すると、心臓がうるさくなって顔も熱くなる。

「……ってかさ、ゆずも熱くない？　顔も……なんでこんな真っ赤なの」

「っ……ぅ」

「ゆずは風邪ひいてないのに」

「き、聞かなくてもわかってるくせに」

「俺に触られて赤くなった?」

「なぅ……い、言わないで……」

ほら、ぜんぶわかってる。なのにわざと聞いてくるのがずるいの。

「あーあ、ほんと可愛い……」

「埜夜くんのイジワル」

「俺に襲われたくなかったら、さっさと離れること」

パッとわたしから距離を取って、背を向けて寝ようとしてる。

風邪が移るといけないからって、そそくさと部屋を追い出されてしまった。

「ほんと簡単に俺の理性ぶち壊してくる……」

残された埜夜くんがひとり、こんなことをつぶやいていたのは、わたしの耳に届くことはないまま。

＊　＊　＊

「あっ、埜夜くん目覚めた？」

「……なんでゆずがここにいんの」

「埜夜くんの看病をしようと思って！」

「なにこれ……デジャヴ？」

そう、じつはあれから数時間後。

お昼ごはんを食べて薬を飲んだあと、しばらく寝ていた埜夜くん。

「やっぱり埜夜くんが心配でね、おかゆ作ってきたの」

どうしても埜夜くんの役に立ちたくて。

「食欲あるかな？　ひとりで食べられる？」

ついでに体温を測《はか》ると、まだ微熱《びねつ》っぽい。

「ゆずが食べさせてくれんの？」

「う、うん！」

おかゆをお椀《わん》によそって、ひと口分をれんげですくった。

このままだと熱くて火傷《やけど》しちゃうかな。

「ふぅ……ふぅ」

ちょっと冷ましてあげないと。

「はい、埜夜くん。あーんして」

「…………」

「埜夜くん？」

「あー……もう無理」

手で目元を覆うように、深くため息をついてる。

「ゆずのこんな可愛い姿見られるなら風邪も悪くないかも」

「……？」

「俺がおかゆになりたいって思った」

「え⁉　埜夜くん熱のせいでちょっとおかしくなってる⁉」

「かもね」

なんて言いながら、おかゆをパクッとひと口。

「えっと、じゃあもうひと口ね。ふぅ……ふぅ。はい、あーん」

「はぁ……俺の心臓破壊されそう」

「だ、大丈夫？」

「自覚ないところほんと困る」

と、こんな感じでおかゆを完食。薬も飲んであとは寝るだけ。

食器片づけないと。

立ち上がろうとしたら、足がちょっと絡んじゃって埜夜くんが寝てるベッドに飛び込んでしまった。

「わわっ、ごめんね」

すぐどかなきゃ……！

「ゆずさ……もうそれわざとやってる？」

「えぇっと、これは……」

「俺のことどうしたいの、殺したいの？」

「え、え？」

あれ、なんか離してもらえない。埜夜くんの手が、わたしの腰に触れてる。

「俺が男だってわかってんの？」

「わ、わかってる……よ」

「じゃあ、危機感なさすぎ」

ぐるんと視界が半回転。真上に埜夜くん、背中はベッド。

物欲しそうな……埜夜くんの熱い瞳。

「ね……ゆず」

唇が触れるまで、あとほんのわずか……熱い吐息《といき》がかかって、それすらにもクラクラしちゃう。

「そんな可愛い顔すんのほんとずるいよ」

「……んんっ」

「もうやめない……俺が満足するまで相手して」

触れた唇の熱が、一気にぶわっと広がって。

前にしたキスと同じくらい……とっても甘い。

「う……ん、やよ……くんっ……」

「あー……甘すぎて止まんない」

「ん……」

ずっと塞《ふさ》がれたままで、息が苦しくてボーッとする。

なのに……甘くて、甘すぎて、唇が離れるのやだって……。

「もっと口あけて」

「ふ……ぅ」

下唇のあたりに埜夜くんの指が触れてる。

グッと押されて、ほんの少し口の中に空気がスッと入ってくる。

でも、これだけじゃ苦しいのからは抜け出せない。甘い熱に溺れてクラクラする。

「ゆず……」

「や……っ、ぅ」

やっぱりわたし、埜夜くんが好き……なのかな。

こんな甘いことされて、ドキドキするのはきっと埜夜くんだから。

でも埜夜くんは、わたしのことをどう思ってるんだろう？

ふたりの執事は苦労が絶えない

「うわ～ここ来たの二年ぶりくらいかな」

「実海ちゃんのお家の別荘《べっそう》すごすぎるよ……」

夏休みに入った八月。

今日はなんと泊《と》まりで実海ちゃんのお家の別荘に招待《しょうたい》してもらった。

もちろん埜夜くんと加賀美くんも一緒。

「実海お嬢様。あまりはしゃぎすぎると危ないですよ」

「大丈夫だよ！　加賀美は心配しすぎ！」

「実海お嬢様だから心配なんです」

ふたりはほんとに仲良しだなぁ。中等部からずっと一緒みたいだし。

「埜夜くんって加賀美くんと幼なじみなんだよね？」

「そうだけど」

「加賀美くんと実海ちゃんって仲良しだよね」

「爽斗がもう何年もずっと片想いしてる相手だし」

「え⁉　そうなの⁉」

加賀美くんは実海ちゃんが好きなんだ。見ていたらなんとなくわかるかも。

実海ちゃんは、加賀美くんのことどう思ってるんだろう?

「あのお嬢様かなり鈍感みたいだし。爽斗も苦戦してるっぽいよ」

「たしかに実海ちゃんって、天然でつかみにくいところあるかも」

「天然ならゆずも負けてない」

「えっ！　それってどういう――」

「柚禾ちゃ～ん、こっち来て！」

「あ、うん！」

ハイテンションな実海ちゃんが別荘内を探索するみたい。

そのあと海に行く準備をすることに……なったんだけど。

「なんで海に行くの反対なの⁉　せっかく近くにあるんだから行こうよ！」

「実海お嬢様が可愛すぎるので反対です」

加賀美くんが海に行くのを反対。それに実海ちゃんの不満が爆発。

「え〜、海行きたい！　水着も新しく買ったのに」

「なおさらプールで我慢してください」

ここの別荘には、少し大きめのプールがあるらしいけど、実海ちゃんはどうしても海で泳ぎたいみたい。

わたしもせっかくだから行きたいなぁ。

「柚禾お嬢様も海ではなくプールにしましょう」

「埜夜くんまでどうしたの⁉」

――で、結局実海ちゃんが押し切って海へ行くことに。

ただし、海を少し満喫したらプールで我慢っていう、埜夜くんと加賀美くんからの条件付き。

別荘で着替えをすませて海に行くはずだったんだけど、ここでも事件が発生。

「……は？　ゆずその格好なに？」

「え、何って水着だよ？」

実海ちゃんとお揃いのデザイン、色違いで買ったんだけど。

埜夜くんめちゃくちゃ機嫌悪そうなのなんで？

「やっぱ海行くの反対。さっきのなし」

「俺も埜夜に賛成。実海のこんな可愛い姿、他の男の視界に入れたくない」

「俺のゆずも可愛すぎて無理」

「俺の実海もめちゃくちゃ可愛い。ってか、埜夜が見るのも許せないな」

「それそっくりそのまま返すし、俺はゆずしか見てない、興味ない」

ふたりともいきなりどうしちゃったの⁉

「さっ、柚禾ちゃん！　海にレッツゴー！」

「あわわっ、まって実海ちゃん！　埜夜くんと加賀美くんが――」

なんてわたしの声は届かず。

「……ったく、実海は昔からあの調子だからな。いつになったら自分の可愛さ自覚してくれるんだか」

「爽斗もいろいろ苦労してんね」

「埜夜もな。お互い無自覚なお嬢様に仕えるのも苦労するよな」

＊＊＊

「やった〜、海だ海だっ！」

ルンルン気分で砂浜を走ってる実海ちゃん。

あっ、あんまり走ると危ないんじゃ……。

「実海！」

「うわっ、びっくりしたぁ……！」

実海ちゃんが転びそうになって、間一髪《かんいっぱつ》のところで加賀美くんが助けに入った。

「はぁ……目離すとほんと危ない」

「ごめんね……！　楽しくてつい」

「はしゃぐのはいいけど、俺のそばから離れるのはダメな」

「今の執事じゃなくて、いつもの爽斗くんだ！」

お嬢様と執事って関係はあるけれど、誰よりもお互いのことを理解し合ってそうだなぁ。

「……って、わわっ！」

ふたりに気を取られてる場合じゃなかった！

「ゆず！」

「あわわっ、埜夜くんごめんね！」

実海ちゃんと同じように転ぶところだったのを、埜夜くんがとっさに受け止めてくれた。

「ケガしなかった？」

「うん。助けてくれてありがとう」

「……ほんとゆずといると心配が絶《た》えない」

「う、ごめんなさい」

「あと俺の心臓もいちいち大変なことになる」

「大変なこと？」

「ゆずが可愛すぎてもたないってこと」

うぅ……埜夜くんのストレートな甘々攻撃《こうげき》だ……。

＊　＊　＊

「あーあ、もう少し海で遊びたかったなぁ〜」

「ここのプールもとても広いですよ」

あれから海で少し泳いで、別荘に戻ってきた。

今は四人で別荘の大きなプールで遊んでる。

「海のほうが広くて楽しいのに。海の家でかき氷とか食べたかったなぁ」

「わたしが後で作りますよ」

「わー、やった！　わたしブルーハワイがいい！」

かき氷いいなぁ。浮き輪でプカプカ浮かびながら、埜夜くんをじっと見ると。

「ゆずも食べたい？」

「うんっ。わたしは苺ミルクがいいな」

プールで遊んだあとに作ってくれるみたい。

「海もいいけど、プールも冷たくてきもちいいね！」

「ゆずは浮き輪ないと溺れそう」

このプール結構深くて、いちばん深いところだと足がつかない。

「浮き輪あるから平気だし！」

「んじゃ、それ取ったらどうなんの？」

「そんなイジワル言っちゃダメだよ！」

埜夜くんは背も高いし、脚も長いから浮き輪なくてもよさそう。

今だって余裕そうにわたしのそばにいるし。

「別に俺がいるからいーじゃん」

「よ、よくない！　わたし浮き輪ないと……わわっ！」

埜夜くんってば、わたしから浮き輪を取ろうとしてる。

上からスポッと浮き輪を抜かれて大ピンチ！

「あわわっ、きゃ……っう」

「ね？　俺がいるから平気でしょ」

埜夜くんがわたしを抱っこしてくれてる。

「な、ぅ……埜夜くん近い……っ」

「んじゃ、離れていいんだ？」

「うわっ……うぅ……！」

「あ、ゆずのほうから抱きついてきた」

「だって、埜夜くんが離れようとするから！」

埜夜くんはイジワルで、わたしがギュッってしても抱きしめ返してくれないの。

「ゆずが俺にギュッってしてくれんの好き」

「う……愉しんでないで助けて」

キリッと睨んだら、埜夜くんは軽く笑ってた。

「おねだり可愛いじゃん」

わたしの背中と太もものあたりに埜夜くんの手が触れて、ちゃんとギュッってしてくれた。わたしのほうがちょっと目線が高い。

「こうやってゆずに見下ろされるのもいいね」

「これじゃ下向けない」

「恥ずかしがって顔真っ赤にしてるの俺に見られるから？」

「い、言わなくていい」

水で少し髪が濡《ぬ》れて、いつもの埜夜くんよりなんか色っぽい。

それに、肌が直接触れ合ってるのドキドキする。

いつもと違う感じ。

「ゆずの肌ってこんなやわらかいんだ」

「なぅ……触れちゃダメ……」

肌がうまく触れ合うように、ギュッてされてる気がする。

背中にも太ももにも埜夜くんの手が触れたまま。

「ゆずの心臓の音すごいね」

「っ……あ、う……ま、まって」

「なにが?」

「そ、そんなところに顔埋《うず》めないでぇ……」

これぜったいわざとだ。

それに、この角度の埜夜くんは甘えてるみたいで、余計ドキドキする。

「顔真っ赤」

「埜夜くんのせいだよ!」

「うん。俺のせいでいいし、ゆずが可愛い顔見せるのも俺だけでいいよ」

うぅ……もう心臓ひとつじゃ足りない……!!

＊　＊　＊

プールで遊んだあとは、約束通りかき氷を作ってくれることに。

ふわふわで真っ白のかき氷に、苺シロップと練乳をかけてとっても甘くて美味しかった。

そのあと晩ごはんはバーベキューをして、あっという間に夜を迎えた。

もうそろそろ寝る時間。広いリビングでくつろいでいると。

「柚禾ちゃん……！　こっちこっち！」

実海ちゃんがふたりに聞こえないように、こそっと耳元で。

「夜寝る部屋、柚禾ちゃんと栖雲くん同じにしたからね！」

「え⁉　ここ部屋たくさんあるのに⁉」

「細かいことは気にしない‼　ふたりっきりになれるチャンスなんだからっ」

「え、ちょっ……」

「これでふたりともラブラブまっしぐら～！」

実海ちゃんなんか暴走してない⁉

「よしっ、そうと決まればもう寝よう！」

「ま、まって実海ちゃ――」

「加賀美～！　もうわたし眠いから部屋行こう～？　あっ、栖雲くんは柚禾ちゃんと同じ部屋なのでよろしく！」

実海ちゃんも加賀美くんも行っちゃって、残されたのはわたしと埜夜くんだけ。

「ゆずも寝る？」

「ね、寝ない……。徹夜《てつや》する」

「……は？　いや、いきなりなに言ってんの」

「だ、だって埜夜くんと同じ部屋で寝る……なんて。ドキドキしすぎて眠れない」

「…………」

「だ、だから、わたし寝ない……」

「そんなの俺が許すわけないし、俺がゆずのこと離すと思う？」

「わっ……」

埜夜くんが軽々しくわたしをお姫様抱っこ。……で、そのまま寝る部屋へ。

ほ、ほんとに今日このまま埜夜くんと一緒に寝るの……？

しかも部屋のど真ん中には、大きなサイズのベッドがひとつ。

な、なんでふたりで使う部屋なのにベッドがひとつしかないの……。

「うっ……えっと、埜夜くんがベッド使って――」

「違うでしょ。ゆずも一緒に寝るんだよ」

「うぇ……きゃっ」

埜夜くんにギュッてされたまま、一緒にベッドに倒れ込んだ。

あ、う……どうしよう。距離が近すぎて、胸のドキドキが伝わりそう。

「ゆずとふたりで寝るのはじめてだね」

「し、心臓が爆発しそう……」

眠くなるどころか、自分の心臓の音が大きすぎて徹夜しそうな勢い。

「俺だってゆずが隣にいて余裕ないのに」

埜夜くんの心臓の音、ちょっとだけ速いかも。

でも、わたしのほうがドキドキしてる……。

「もしかして甘いことされるの期待してた？」

「なっ、してない……よ！」

「してたなら期待に応えようかと思ったけど」

「こ、応えなくて結構です」

危うく埜夜くんのペースに巻き込まれるところだった。

「ゆずを抱きしめて眠るのはいい？」

「埜夜くん、ひとりで寝るの寂しいんでしょ……？」

「ふっ……まあ、そういうことにしておこっか」

ドキドキするけど、やっぱり安心感もあって。埜夜くんの温もりに包まれると、どんどんまぶたが重たくなってくる。

眠気がグッと強くなってきて、うとうと……。

ぼんやりする意識の中でも、埜夜くんが優しく頭を撫でてくれてるのがわかる。

「ゆず……」

「……ん」

心地が良くて、とっても安心する声に包まれながら。

「……約束は必ず守るから。誰よりも柚禾のそばにいる。だからもう少しだけ待ってほしい」

埜夜くんの声が、どんどん遠くなってきた。

眠りに落ちる寸前――。

「過去のことも、今の俺の気持ちも――タイミングが来たらぜんぶ伝えるから」

ぼんやりと、そんな言葉が聞こえた。

第三章

幼なじみの帰国は波乱の始まり

ただいま夏休み真っ最中……のはずだったんだけど。

今日は特別に理事長さんと面談がある。

四ヶ月に一度くらいで、特進科のクラスの生徒が理事長さんと面談する機会が設《もう》けられる。それで、今日がその面談の日。

面談といっても、そんなお堅い感じではなくて。

学園のテラスで、理事長さんとふたりでお茶をする……みたいな。

「羽澄さんとこうしてふたりでゆっくり話すのは、今回がはじめてかしら？」

「そうですね」

何度か軽く話したことはあるけれど。

面談っていったいどんな話をするんだろう。ちょっと緊張する。

「羽澄さんにひとつ聞いてもいい？」

「な、なんでしょう」

「羽澄さんはお嬢様と執事の恋愛についてどう思う～？」

「ぶっ……！」

あ、危ない……。飲んでいるアイスティーを噴《ふ》き出すところだった。

「あらま。わかりやすいくらい動揺《どうよう》してるわね」

「な、なんでいきなりそんなこと聞くんですか？」

「もしかしたら、羽澄さんもそういうので悩んだりしてるかも～なんて。女の勘《かん》ってやつ？」

「は、はぁ……」

「この学園って、お嬢様と執事の恋愛は禁止とか特別なルールはないんだけどね。どうしても家柄を気にする関係性だから、恋愛が難しいって考える子もいるのよ」

家柄……か。わたしはいきなり後継者になっただけで、ほんの少し前までは一般家庭で育ってきたし。

「立場の差とか……関係あったりするんでしょうか」

お嬢様であるわたしと、執事である埜夜くん。

そこに差があるなんて、考えたこともなかった。

「この学園の特進科のお嬢様たちはね、家柄が立派な子たちばかりだから、ご両親が決めた相手と婚約をする場合もよくあるの」

「………」

「羽澄さんも、もしかしたら羽澄家にふさわしい立場のご子息《しそく》との婚約の話がこれから来るかもしれないわ」

理事長さんの言う通り、将来自分の希望がぜんぶ通るとは限らないんだ。

「でもね、それはあなたの家の都合《つごう》の話であって、ぜったい従《したが》わなければいけないわけでもないのよ。だからね、羽澄さん自身の気持ちを大切にしてほしいなって思うの」

「わたしは正直そういうの今まで考えたことなくて。でも、自分がそばにいたいと思える相手と一緒にいるのが幸せなのかなって……思います」

これから先の未来が、どうなっていくのかまだわからないけど。

自分の中に芽生《めば》えた気持ちを、大切にしていきたいなと思う。

わたしの両親みたいに。

「よしよし！　羽澄さんにそういう気持ちがあるなら大丈夫ね！　執事との恋愛だってオープンにしちゃっていいんだからね〜」

「そ、それについてはノーコメントでおねがいします」

それから一時間くらい理事長さんと話して、迎えが来る時間になった。

理事長さんと門まで一緒に行くことに。

「今日のお迎えは栖雲くんも来るのかしら？」

「あ、はい。理事長との面談をすごく心配してました」

「あらま。きっと前のお嬢様かくれんぼのこと根に持ってるのね」

「ど、どうでしょう」

すると、門の前に一台の車が止まった。あれは、わたしの迎えの車じゃない？

車の扉が開いて、スーツを着た男の子が颯爽《さっそう》と降りてきた。

さらっとした明るい髪に、耳元に光るピアスがとっても印象的で。

背も高くて、スタイルも良くて。

あれ、でも……この男の子の顔、どこかで見覚えがあるような。

「柚禾……会いたかったよ」

「……え？」

ふわっと香る、バニラの甘い香水《こうすい》の匂い。

え、あれ……？　わたし抱きしめられてる……？

「やっと……やっと柚禾に会うことができた」

一瞬、何が起きてるのか目の前の光景が受け止められず。

「僕だよ。桔梗還琉《ききょうめぐる》……覚えてないかな？」

「え……あっ、もしかして和菓子屋さんの還琉くん？」

「そうだよ。覚えててくれてうれしいな」

「び、びっくりした。日本に帰ってきたんだね」

「柚禾に会うために帰国したんだ」

笑った顔とか幼い頃の面影《おもかげ》が残ってる。

「柚禾のおばあさんが亡くなったこと最近知ったんだ。今の柚禾のこともぜんぶ調べた。今は羽澄のおじいさんの家にいるんだよね？」

「う、うん」

日本屈指の有名和菓子店【ＫＩＫＹＯ】の後継者――桔梗還琉くん。

今や日本国内だけでなく、海外にも出店するほどの有名店。

還琉くんとは幼稚園と小学校が同じで。昔住んでいた家も還琉くんの家と近くて、家族ぐるみの付き合いもあった。

いわゆる幼なじみ……みたいな。

中学校からは別々になって、たしか還琉くんは留学するって聞いてた。

そこからは疎遠《そえん》になっていた。

「本当はもっと早く帰国する予定だったんだ。柚禾をひとりにさせないために」

再会をよろこんでくれてるのが、還琉くんの話し方や表情ですごくわかる。

「久しぶりに会ったけど……柚禾の可愛さは変わらないね」

「還琉くんは、もっとかっこよくなったね！」

幼い頃は、身長だってわたしと同じくらいだったのに、今はわたしが見上げないと還琉くんの顔が見えないほどに。

「柚禾にそう言ってもらえてうれしいな」

「なんか懐かしいね。こうしてふたりで話すの」

久しぶりすぎて、ちょっとぎこちなくなっちゃうけど。

「ずっと……ずっと柚禾に会いたかったんだよ」

「め、還琉く――」

「柚禾、僕と結婚しよう」

え、え……っ⁉　さらっととんでもないこと言わなかった⁉

「もう柚禾をひとりにしない。僕もしばらく日本に滞在《たいざい》するから」

「えっと、えっと……」

「とりあえず婚約が先かな」

ま、まってまって……‼　話が急展開すぎてついていけない‼

「還琉くんストップ！　婚約とか、結婚とか何かの冗談じゃ――」

「本気だよ。僕はずっと柚禾のことが好きだったんだ」

そ、そんな。還琉くんがわたしを好き？

「僕がそばにいるから……柚禾はもうひとりじゃないよ」

ふと、さっきの理事長さんとの会話が頭に浮かんだ。

羽澄家の後継者になった以上、還琉くんみたいな家柄の人と婚約することになるのかな。

ただ――やっぱり家柄とか関係なく自分の気持ちを大切に、本当にそばにいたい人と一緒にいたいと思う気持ちは変わらない。

それに、どうしてだろう。

還琉くんのことは嫌いじゃないのに、婚約とかは違うって思ってしまう。

「そうだ。よかったら今から僕の家に来ない？」

「え？」

「昔よく遊びに来てたでしょ？　もっと柚禾と話したいんだ。どうかな？」

「あ、えぇっと……」

もうすぐ埜夜くんが迎えに来てくれるし。

すると、このやり取りをずっとそばで見ていた理事長さんが。

「いいんじゃない？　久しぶりの再会なんだし、少しお話しでもしてきたらどう？　あなたの執事くんには、わたしのほうからうまく言っておくわよ？」

「柚禾と会えなかった時間を少しでも取り戻したいんだ」

こんなおねがいされたら、断るのが申し訳なくなってきた。

こうして、理事長さんのはからいで還琉くんのお屋敷にお邪魔《じゃま》することに。

還琉くんのおうちは、和の大豪邸って感じで緑豊かな庭園や池もある。

それに、おじいさんの趣味《しゅみ》が盆栽《ぼんさい》みたいで、庭園に盆栽がたくさん並べられてる。

案内された和室は畳のいい匂いがして、落ち着く空間。

「うれしいな。柚禾とこうして会うことができて」

還琉くんが少し古いアルバムを持ってきた。そこには、幼い頃のわたしたちの写真がたくさん。

「あっ、これ。わたしと還琉くんが、こっそりどら焼き食べて怒られたときの写真だ」

「そうだね。僕のおじいちゃんの店にふたりでこっそり侵入したんだっけ」

「そうそう！　還琉くんのおじいちゃんの作るどら焼きすごく美味しかったの今でも覚えてるよ！」

懐かしいなぁ。今までずっと、昔を振り返ることがあまりなかったから。

両親のことや、おばあちゃんのこと……。

過去は悲しいことばかりしかないと思っていたけど……。

こうして楽しい思い出もあったんだって、なんだか心があたたかくなる。

「柚禾はやっぱり笑顔がとても似合うね」

「え？」

「昔からずっと……僕は柚禾の笑顔がとても好きだった。もちろん、そこだけじゃなくて柚禾の良さはたくさん知ってるつもりだよ」

還琉くんが、真剣な瞳でわたしを見る。真っすぐで、すべてを覚悟したような表情。

「それで、さっきの婚約の話だけど……僕は本気だから」

「………」

「僕は幼い頃からずっと、柚禾が好きだったんだ」

はじめて還琉くんの気持ちを聞いた。

会えない時間が続いていたのに、ずっとわたしを想い続けてくれていたんだ。

「ほんとはもっと早く伝えたかった。それに、柚禾が羽澄のおじいさんの家に引き取られたって聞いて、ますます早く伝えないとって思ったんだ」

「どうして？」

「柚禾は将来羽澄家を継ぐ人間だから、柚禾にふさわしい家柄の人間と婚約させられてもおかしくない。そう思ったら、いても立ってもいられなくなった。柚禾が将来、僕以外の男と婚約するのが納得できないんだ。僕はずっと誰よりも柚禾を想い続けてきたのに」

「め、還琉くん……」

「ごめん。いきなりこんなこと言われても戸惑うよね。柚禾にも考える時間が必要だと思うし、焦って決めてほしくないんだ」

「う、うん」

「さっきも言ったけど、僕はこれから少しの期間、日本に滞在するから。会えなかった時間の分だけ柚禾と一緒に過ごしたい」

こんなに真剣に想いを伝えてくれて、わたしのためにわざわざ日本に帰ってきてくれて……還琉くんの想いが、痛いほど胸に響《ひび》いてくる。

「だけど、柚禾の気持ちも大切にしたい。少しずつでいいから、僕を意識してくれたらうれしい。僕が柚禾を幸せにしたいと思う気持ちは変わらないから」

「…………」

「柚禾の気持ちがはっきりしたら——柚禾のおじいさんにも婚約の話をしたいと思ってる」

家柄のことを考えれば、還琉くんのような人と結婚するのをおじいちゃんは望んでいるかもしれない。

まだこの話がどうなるかなんてわからないのに。

なんだか少しだけ、胸が苦しくなった。

だって、わたしは……好きな人がいても、その人と結ばれないかもしれない――なんて。

自分の気持ちだけで、どうにかなる問題じゃない。

ここでふと、埜夜くんのことを思い浮かべてしまうのはきっと――。

「柚禾？」

「……あっ、えっと……少し時間が欲しい……かな」

「そうだよね。急すぎてごめん。柚禾に会えたのがうれしくてさ」

還琉くんの想いも無碍《むげ》にはできない。

いろんな気持ちが複雑に絡み合って、すぐにはっきりした答えが出せなかった。

埜夜くんの気持ち

「ほんとにお屋敷まで送らなくていいの？」

「う、うん。学園に忘れ物しちゃって」

還琉くんの車でお屋敷まで送ってもらうのは、なんでか抵抗があって。

別にやましいことがあったわけじゃない……けど。

埜夜くんと還琉くんが会ったら、どうしたらいいのかなって考えてしまった。

学園の門のところで車を止めてもらい、車から降りると。

「柚禾お嬢様」

「な、なんで埜夜くんが……」

ここで待ってるとは思わなかった。

まさかの展開に、どうしようって頭の中がパニック……。

「へぇ……柚禾のそばに僕以外の男がいたのか」

車から降りてきた還琉くんの目線が、埜夜くんに向いた。

「はじめまして。柚禾の幼なじみの桔梗還琉です」

「……栖雲埜夜と申します。専属の執事として柚禾お嬢様に仕えております」

「栖雲って、どこかで聞いたことある名前ですね」

な、なんだか張り詰めた空気感……。

「柚禾は僕の大切な幼なじみでもありますが、いずれ僕の婚約者として迎え入れるつもりです」

「…………」

「もちろん、強引にではなく柚禾の気持ちをいちばんに大事にします」

埜夜くんは口を閉ざしたまま、表情をまったく変えない。

「柚禾は必ず僕が幸せにします」

その言葉を残して、還琉くんは去っていった。

埜夜くんは相変わらず黙り込んで、険《けわ》しい顔をしていた。

そこからなんだか気まずい空気のまま。

夕食のときもあまり会話はないし。お風呂から出て髪を乾かしてくれるときも、お互い話すことはないまま。

あっという間に寝る時間になってしまった。

このまま何も話せないのは、なんかモヤモヤする。

ちゃんと話をしたくて。

「埜夜くんは、どう思う……？」

聞き方が唐突《とうとつ》すぎたし、これじゃなんのことかわからないよね。

「あ、えぇっと――」

「幼なじみとの婚約のこと？」

「っ、うん」

正直、埜夜くんからなんて返ってくるか少し不安。

婚約したらいいんじゃないなんて言われたら――。

「婚約したほうが……柚禾にとっては幸せかもしれない」

「……え」

「俺は柚禾が幸せになる道を選んでほしいから」

還琉くんと婚約することが、わたしにとって幸せになること……なの？

「けどそれは……執事としての立場で思ったことであって」

「…………」

「……俺以外の男なんて許せない」

きっと今伝えてくれたのが、埜夜くんの本音だって思いたい。

「執事としての埜夜くんじゃなくて、埜夜くん自身がどう思ってるか聞きたいの」

「ゆずの今の気持ちは？」

「還琉くんは、ずっと幼なじみとして接してたから、婚約とかそういうの考えたこともなかった。だから、いきなり言われて戸惑ってるところもある」

「婚約したら、俺とは離れることになる。ゆずは桔梗家の人間になるだろうから」

まだ決まったわけじゃないのに、漠然《ばくぜん》とした不安に襲われる。

「ただ、ゆずのおじい様が許すとは思えない。ゆずは羽澄家の後継者だから」

「埜夜くんと離れたくない……よ」

「それは執事として？」

「ち、違う……。埜夜くんだから、離れたくないの」

埜夜くんの手にそっと触れて、自分からギュッと抱きついた。

「俺そんなこと言われたら期待するんだけど」

「……っ?」

「ゆずも俺と同じ気持ちなんじゃないかって」

もっと強く抱きしめ返してくれる。

わたしはやっぱり、この温もりが落ち着くし、離れるなんて考えられない。

「埜夜くんは、わたしにとって特別……だよ」

気づいたの。この特別はきっと――わたしが埜夜くんを好きだから。

ひとりの男の子として、埜夜くんに惹《ひ》かれてるんだ。

ただこの気持ちを、いま言葉にしていいのかわからない。

いちばん怖いのは、気持ちを伝えたことで今の関係が壊れてしまうこと。

埜夜くんのそばにいられなくなるのは嫌だ。

だから――。

「埜夜くんになら、何されてもいいって思える……の」

このひと言がまさか……埜夜くんの甘くて危険な溺愛の引き金になるなんて。

埜夜くんと甘い時間

朝、いつもの時間に埜夜くんが起こしてくれる。

ほんの少し前までは、ただ起こすだけの執事モードな埜夜くんだったのに。

最近の埜夜くんは、朝からとっても甘くて危険。

「っ、ん……やよ、く……んん」

目が覚めると、真っ先にキスしてくる埜夜くん。

寝起きで頭ボーッとしてるのに、キスでもっとふわふわする。

「う……起きてすぐはダメって……んっ」

こんな甘いキス許しちゃダメなのに。

埜夜くんの熱が、そんなのぜんぶ奪っていっちゃう。

「ほ、ほんとにまって……っ」

「俺に何されてもいいって……ゆずが言ったんだよ」

「そ、それは……んん」

「抑えきくわけない」

甘いよ……甘すぎるの。

こんなのじゃ、わたしの心臓ドキドキしすぎてもたないよ。

なんとか埜夜くんの暴走を止めて、いつも通り朝ごはんを食べて、制服に着替え終わった。

髪はいつも埜夜くんがやってくれる。

「埜夜くんはどんな髪型が好き？」

「ゆずがするならなんでも好き」

「うぅ、それじゃ答えになってないよ」

「んじゃ、ポニーテールにする？」

「う、うん。そうする」

毛先を軽く巻いてくれて、高めの位置でリボンも結ってくれた。

「ひゃ……急になに？」

後ろからギュッと埜夜くんが抱きしめてきた。

「んー……首筋見えるのいいなって」

うなじのあたりにチュッてキスされた。

「な、なっ……ぅ」

「こんなの他の誰にも見せたくない」

最近の埜夜くんは、とっても糖度《とうど》高め。甘すぎて、わたしは毎日とっても大変。

そしてそのまま車で学園へ。

たしか今日って調理実習だっけ？　簡単に作れる料理だといいな。

……なんて、お嬢様学校を舐めてました。

「さ、さすがお嬢様学校……」

「柚禾ちゃん、どうしたの？」

「調理実習で焼き菓子とカヌレ作るって……」

いつもわたしの想像を容易《ようい》に超えてくるんだけど！

おまけに、わざわざパリの一流パティシエを講師として呼ぶなんて。

お嬢様学校おそるべし……。

「わたしも作ったことないから一緒に頑張ろう〜」

「実海ちゃん頼りにしてるよぉ……！」

実習はふたり組で、わたしは実海ちゃんと一緒。

実海ちゃんは普段からお菓子作りとかしてそうだし、頼りになる予感――。

「んー、これはこのくらいでいっか！」

「えっ、分量ちょっと多いんじゃ」

「少しくらい大丈夫だよ〜。混ぜちゃえばわかんないわかんない！」

実海ちゃんって、意外と大雑把《おおざっぱ》だったり？

その様子をそばにいる加賀美くんが、やれやれって感じで見てる。

「わー!!　なんかべちゃってしてる!!」

「これは失敗なのかな」

「うーん、難しいね！　わたしは作るより食べる専門《せんもん》だし〜」

レシピ通りやってるのに、全然うまくいかない。

「はぁ〜、もうわかんないから加賀美も手伝って！」

「実海お嬢様はいつもきちんと計量しないから失敗するんですよ」

「少しくらいならいいじゃん！」

「お菓子作りはその少しが大事なんですよ」

「こうなったら、パリに行って本場のカヌレ勉強するしかない‼」

実海ちゃんの発想すごすぎる……。

わたしも埜夜くんに手伝ってほしいな……なんて、そばにいる埜夜くんをじっと見ると。

「ゆずも手伝ってほしいんだ？」

「うまくいかなくて」

わたしも埜夜くんの手を借りることに。

埜夜くんってばほんとにすごくて、レシピを軽く見ただけですぐ作り始めちゃう。

もちろん、わたしに教えながらだけど。

「埜夜くんって、苦手なこととかあるの？」

「そもそも苦手って意識しない」

「へぇ、すごいね！　わたしも見習わなきゃ！」

「そんなすごくないし。それに……今の俺がいるのはゆずのおかげだから」

「それってどういう――」

「あ～！　柚禾ちゃんも栖雲くんに手伝ってもらっていい感じだねっ！」

「わわっ、実海ちゃんも順調？」

「うんっ！　加賀美が優秀なおかげでばっちり～！」

さっきの埜夜くんの言葉の続き、聞きそびれちゃった。

たまに埜夜くんは、わたしに何か隠してるような言い方をするときがある。

あまり踏み込まないほうがいいのかな。でも気になったり……その繰り返し。

＊　＊　＊

そんなこんなで調理実習は終了。

今日のお昼は、埜夜くんと中庭のテラスで過ごすことに。

さっきの調理実習で作った焼き菓子とカヌレも食べよう。

「埜夜くんと一緒に作ったら本格的なのできちゃったね」

「ゆずはお菓子作り壊滅的だったね」

「焼き菓子とかは苦手だけど、チョコレート作るのは得意なんだよ？　小さい頃よく作ってたから」

まだお父さんとお母さんと一緒に住んでいた頃、お菓子作りが得意なお母さんと、よく作ってた。それをいろんな子に配ってたなぁ。

「ロリポップチョコなんだけどね、見た目がとっても可愛くて簡単に作れるやつなんだよ？」

「……知ってる」

「え？　あっ、埜夜くんも作り方を知ってるってこと？」

「……さあ、どうだろ」

埜夜くんは何かを懐かしむような顔をして笑ってる。

「実習のおまけで生チョコも作れてよかったじゃん」

「それはそうだけど。あっ、生チョコだけ今食べちゃおうかな」

今ちょうどお昼を食べ終わって、甘いもの食べたい気分だし。

「んっ、甘くて美味しい～！」

「ゆずだけ食べてんのずるくない？」

「わわっ、引っ張ると危ないよ！」

食べようとしてるわたしの手をちょっと強引につかんで、自分のほうに引き寄せようとしてる。

「埜夜くん顔近い……！」

「わざと近づいてんだよ」

「う、あ……執事モードじゃない埜夜くん……だ」

「おとなしく執事してるほうがいい？」

「うぅ……」

わたしの唇に触れて、キスできちゃいそうな距離まで迫ってきてる。

「ゆずから甘い匂いするね」

「チョコ食べてる……から」

「それ俺にもちょうだい」

下唇にふにっと触れて、ちょっとずつ口をあけさせようとしてくる。

や、やっぱりこれ以上はダメ。慌てて唇の前に人差し指でバッテンを作った。

「なにこれ。邪魔なんだけど」

「じゃ、邪魔じゃない」

「キスさせてよ」

「ここ学校だし……誰が見てるかわかんないよ」

そ、それに……。

「埜夜くん止まらなくなると危ない、から」

「俺をそうさせてんのはゆずなのに？」

「うぅ……だからぁ」

止まってくれない、どうしよう。

「ね……ゆず」

「今はむりなのに……っ」

「無理じゃない、しよ」

「……んんっ」

唇に触れる熱が、あっという間に広がっていく。

どんどん深くなって、何も考えられなくなる。

でも、少しずつ息が苦しくなって、埜夜くんの服をキュッとつかむと。

「唇ずらすのダメ」

「う……ん、もう……」

わたしと埜夜くんは恋人同士でもないのに、こんなキスしてもいいのかな。

＊　＊　＊

お屋敷に帰ってきて食事の時間。

わたしのそばでグラスに飲み物を注ぎながら、埜夜くんが言った。

「そういえば、羽澄家の親戚一同が集まる日が決まったから」

「え？　それってわたしも関係——」

「あるに決まってる。そこで正式に柚禾が後継者だってことが発表されると思う」

親戚一同が集まるときは、別邸の大きな和室を使うらしい。

「集まって発表したら解散？」

「いや、食事会があるはずだから。食事は懐石料理だと思う」

「作法とか何もわからないのにどうしよう」

そもそも懐石料理とか普段食べないし。

でも、親戚一同が集まるってことは、失敗は許されないわけで。

おじいちゃんも厳しく見てるだろうし。

「んじゃ、今から慣れておく？」

——というわけで、埜夜くんがいろいろ教えてくれることになったんだけど。

「なんかこれおかしい気がする……！」

「どこが？　ゆずはただ食事するだけでいいんだよ」

「な、ならなんで埜夜くんが後ろから抱きついてくるの……！」

「こうしたほうが教えやすいし」

和室に移動して、作法とか教えてもらえると思ったのに。

埜夜くんが近いせいで、全然集中できない。

「ほら、ちゃんと集中して」

「……っ、耳元はダメ……」

お箸を持ってる指先に、うまく力が入らなくなる。

「や、やよくんってばぁ……」

首だけくるっと後ろに向けると、チュッとキスしてきた。

「それ、逆に煽ってんのに」

最近わたしの身体おかしい。埜夜くんに触れられて熱くなると、瞳にじわっと涙がたまる。悲しいとか怖いわけじゃないのに。

わたしの涙を見て、埜夜くんがちょっと心配そうにする。

「俺に触れられるの嫌？」

優しくそっと涙を拭ってくれた。

「い、嫌じゃないよ……」

「ほんとに？」

「埜夜くんにしか、触れてほしくない……」

ちゃんと目を見て伝えると、埜夜くんがため息をついて頭を抱えちゃった。

「あーあ……我慢の限界」

埜夜くんのちょっと呆れた声。

わたしがちゃんとできなかったから、愛想《あいそ》尽かされちゃった……？

埜夜くんの手によって、わたしの身体がふわっと浮いた。

向かい合わせで抱き合うみたいな体勢に。身体は密着してるし、腰のところに埜夜くんの手が回ってる。

「ぅ……この体勢やだ」

「なんで？」

「こんな近いの……ドキドキするにきまってるよ」

「もうさ……ゆずは俺のことどうしたいの」

「え、どうしたいって……」

また深くため息をついて、わたしの首筋に顔を埋めたまま。

指先でわたしの首のあたりにそっと触れながら。

「……ゆずの首噛みたい」

「か、噛むの……？　痛いのは嫌……だよ」

埜夜くんの吐息が肌にかかると、身体の内側が熱くなってくる。

「痛くないよ。やわく噛むだけ」

はじめは舌で軽くツーッと肌を舐めて、軽くチュッと吸ってるのがわかる。

「ゆずは俺のだから」

「うぅ……ぁ」

少しだけチクッと痛い。痛くないって言ったのに。

思わず埜夜くんの服をつかむと、その手をギュッと握り返してくれた。

「痛かった？」

「甘くて、おかしくなる……」

キリッと睨んでも効果なし。

むしろ、フッと笑ってわたしのまぶたに軽くキスを落としてくるの。

「……おかしくなればいいよ。俺の前だけで」

ふたりっきりの時間は、危険でとっても甘い。

＊　＊　＊

そんな毎日を過ごしていたある日。

いつも通り授業が終わって、車でお屋敷に帰って来たときだった。

わたしが車から降りると、五十代くらいのスーツ姿の男の人が五人くらい、お屋敷から出てきた。お客さん……かな。

すれ違う瞬間に軽く会釈《えしゃく》をすると、その中のひとりが「あれ……キミはたしか柚禾ちゃんか？」とボソッと言った。

その声に反応して、思わず足を止めて振り返った。

「柚哉くんの娘の柚禾ちゃんじゃないか？」

「そ、そうです……けど」

「やはりそうか。柚哉くんに顔立ちが似てるな。それに噂《うわさ》は本当だったんだな。キミがいま羽澄のおじい様の家で暮らしているのは」

こ、この人たちはいったい……。

わたしのお父さんのことも、わたしのことも知ってるみたいだけど。

「噂には聞いていたが、まさかこの子が羽澄を継ぐことになるなんてな」

「キミのおじい様はいったい何を考えているんだろうな？」

この人たち、もしかして親戚とか？

それに、話し方でわかる。わたしが後継者として歓迎《かんげい》されていないのが。

「キミのお父さん……柚哉くんは羽澄の家を出る覚悟で結婚したんじゃないのか？

おじい様も当時結婚に反対されていたようだしな」

「柚哉くんは後継者としての立場を捨てたと思っていたよ。まさか、今頃になって娘のキミが後を継ぐことになるなんてな。キミが羽澄の後継者としての重圧に耐えられるのかね」

今のわたしじゃ、返す言葉が何もない。この人たちの言う通りなのかもしれない。わたしが後継者だってことを納得しない人は、きっともっといる。

「知識もほとんどない一般家庭で育ってきたキミが、この世界でやっていけるだろうかね。後継者にはもっとふさわしい子がいるだろうに」

否定的な意見や反対の意見、きっとこれから先もっとひどいことを言われるかもしれない。それをぜんぶ受け止めていく覚悟も必要になってくる。

でもたぶん……今のわたしには、その覚悟がまだなくて。厳しい言葉に、耳を塞ぎたくなる。

何も返せないまま……言われっぱなしも悔《くや》しい。

同時に、みんなから認めてもらえるように、まだまだ成長していかなきゃいけないんだって気づかされた。

すると、ずっと黙っていた埜夜くんが、スッとわたしの前に立った。

まるで、大人たちからわたしを守るように。

「柚禾お嬢様、行きましょう」

「で、でも……」

「それでは柚禾様はこれで失礼いたします」

埜夜くんに手を引かれて、その場をあとにした。

散々な言われようだったから、埜夜くんなりに気を遣ってくれたのかもしれない。

部屋に入った途端、埜夜くんが優しく抱きしめてくれた。

「……あんなの気にしなくていいから」

とっても心配してくれてるのが伝わる。

やっぱり、埜夜くんはいつだってわたしを守ってくれる。

「勝手に言わせておけばいい。俺からゆずのおじいさんにも報告しておくから」

「……うん。いろいろ複雑だけど、わたしは平気だよ」

「……俺の前では無理しないで」

「してないよ。それに、いつもそばに埜夜くんがいてくれるから」

埜夜くんが一緒だから心強いし、どんなことも乗り越えられる気がするの。

「さっき、ありがとう……守ってくれて。埜夜くんがいなかったら――」

「守るって決めたから」

埜夜くんの中で何か覚悟を決めてるような……そんな強さが伝わってくるような気がする。

「だから柚禾も……もっと俺を頼ってほしい。柚禾に傷ついてほしくない」

すべての人に認めてもらうのは難しいし、時間だってかかるかもしれない。

こんな風に言ってくれる埜夜くんに心配をかけないためにも、強くならなきゃ。

第四章

後継者としての覚悟と不安

「はぁ……緊張する……」

「いつものゆずらしく振るまえばいいと思うけど」

わたしは今、人生で最大級に緊張してる。

「発表の場なんて立ったことないのに……」

数日前、おじいちゃんがいる別宅に呼ばれた。そこで告げられた。

正式にわたしを羽澄家の後継者として、親戚一同に発表するらしい。

そして今日がまさにその日。着物を着て別邸まで行かなきゃいけない。

――で、今ちょうど着付けが終わったところ。

「自分で着付けできるようになったし、ゆずも少しずつ成長してるじゃん」

「埜夜くんがいろいろ教えてくれたおかげかな。ありがとう」

まだ完璧とまではいえないけど、少し前に比べたら自分でできることも増えてきた気がする。

緊張するし不安も大きいけど、気持ちを切り替えて落ち着かなきゃ。

「ゆず、本当に無理してない？」

「さっきは弱音吐いちゃったけど大丈夫だよ」

「何かあれば俺にはすぐ言ってほしい」

「うん、ありがとう」

今は周りから何を言われても、受け止める覚悟が必要だと思うから。

埜夜くんはきっとこの前の大人たちに言われたこと、気にしてくれてるんだ。

＊　＊　＊

車で羽澄家の別邸に到着。

「わ……こんなに広いんだ」

門をくぐると緑がたくさん広がる庭園、広々とした池まであって鯉《こい》が泳いでる。

わたしが今住んでるお屋敷も相当広いけど、この別邸も敷地がかなり広い。

案内してくれる人がいて、埜夜くんと一緒に和室に通された。畳の部屋で、長いテーブルとそれぞれ座椅子が用意されてる。

庭園側は一面が窓になっていて、自然の光が余すことなく入ってくる。

上座《かみざ》と呼ばれる、いちばん偉い人が座る席にすでにおじいちゃんがいた。

「久しぶりだな柚禾」

「お、お久しぶり……です」

おじいちゃんとは、あまり顔を合わすことがない。

今も変わらず、普段はわたしが住んでるお屋敷じゃなくて、会社に近い別宅で生活してる。

たまにお屋敷に帰ってくることもあるけど、会うタイミングはあまりなかった。

それもあって、おじいちゃんとの距離感がいまだによくわからない。

「柚禾はわたしの隣に座りなさい」

「は、はい」

思った以上に荘厳《そうごん》な空気感。

　徐々に人も集まり始めて、みんなまずおじいちゃんの席に挨拶に来る。挨拶を終えると、みんな不思議そうな顔をしてわたしのほうを見る。

　たぶん、親戚の人たちはわたしが羽澄家の人間で、しかも後継者だってことを知らない。

　わたしの両親が、羽澄家の親戚と関わってこなかったから。

「おじい様、お久しぶりです」

「史奈《ふみな》か。久しぶりだな」

　いま挨拶に来た子は、わたしと同い年くらいの女の子。

　この子も同じように、わたしの存在を気にしてる。

「おじい様……そちらの方は？」

「あぁ、あとで正式に発表する予定だ」

「発表……？　それはもしかして――」

「史奈。今は自分の席につきなさい」

「……わかりました」

　史奈さん……だっけ。今日の集まりに来てるってことは、羽澄家と何かしら関わりがある子だよね。

一瞬笑みを見せたかと思えば、睨むようにわたしのほうを見ていた。

今の態度からして、わたしのことをあまりよく思ってないだろうな……。

それからずっと、周りの大人たちみんなわたしを見ては何かヒソヒソ話してる。

「おじい様の隣にいる子は？」

「あんな子、親戚にいたかしら？」

「おじい様から今日重大な発表があるって聞いているけれど……それに関係する子なのかもしれないわね」

「噂では正式に後継者が発表されるらしいわよ。あの子が後継者候補なのかしら？」

「だとしたら、……さんが不憫《ふびん》よね」

「たしかに。後継者の座はほぼ確実って言われていたみたいだし」

慣れない場と、知らない人ばかりで緊張するし落ち着かない。

それに、いざこの場に来てみると雰囲気が重くて不安になってくる。

今わたしのそばに埜夜くんはいない。少し離れた場所で見守ってくれてる。

不安になるたびに埜夜くんのほうを見ると、必ず目を合わせてくれるからすごく安心するんだ。

そして時間になった。進行役の人がいて、その人を中心に話が進んでいく。

料理も運ばれてきて、少し口にするけど味わってる余裕なんかちっともない。

常に周りにいる人たちの視線を浴びながら、平常心を保つほうが難しい。

「それでは会長より重大な発表がございます」

周りが一気に静まり返った。

「今日こうして集まってもらったのはほかでもない……羽澄家を継ぐ人間をここで発表するためだ」

おじいちゃんの目線が、しっかりわたしに向いた。

そして――。

「わたしの実の孫である柚禾を、正式に羽澄家の後継者とする」

さっきの静けさから一変、周りのざわめきがひと際大きくなった。

「実の孫って、あの子がもともと羽澄家の子だったのか？」

「だとしたら、なんで今まで姿を見せなかったんだ？」

「あの子、柚哉くんの娘だよな……？　たしか柚哉くんは結婚のために羽澄の家を出たんだろう?」

「その娘が今さらになって後継者か。そうなると、もうひとりの後継者候補の子はどうなるんだ?」

いろんな会話が飛び交って、周りからの重圧に負けてしまいそう。

ただ、ここで逃げ出すわけにもいかない。強くならなきゃいけない。

はじめの頃は、後継者だとかそんなの無理だって否定的な考えばかりだったけど。

覚悟を持って、この場にいるんだから。

今すぐに周りに認めてもらうのは難しいかもしれない。

でも――。

すると、いきなりドンッとテーブルを叩いたような大きな音がした。

「こんな子が、羽澄の家を継ぐなんて納得できない!」

「ふ、史奈。落ち着いて」

「無理よ! どうしていきなり現れた子が後継者になるの……! わたしの立場はどうなるの……!?」

史奈さんがものすごい形相《ぎょうそう》で、大きな声で周りに訴《うった》えかけてる。

「わたしは幼い頃からずっと自分のやりたいことを犠牲《ぎせい》にして、たくさん努力してきたの……！　羽澄家の後継者としてふさわしい人間になるために……！」

周りの人たちの会話が聞こえた。

史奈さんは、ほぼ間違いなく将来羽澄家を継ぐと言われていたらしい。

羽澄家の長男は、わたしのお父さん。そして次男が史奈さんのお父さん。

わたしのお父さんが羽澄家を出た以上、羽澄の家を継ぐのは次男である史奈さんのお父さんになる。

けど、史奈さんのお父さんは病気で亡くなっているので、その娘である史奈さんが後継者候補だと言われていた。

「将来、羽澄の家を継ぐ可能性があったから、どんなことだって我慢して努力してきた。なのに、あなたが現れたせいで、それがぜんぶ無駄になったの……！」

周りにいる大人たちがなだめようとしても、史奈さんの怒りは全然おさまる様子がない。

「いきなり現れたあなたが後継者って、誰が納得すると思うの⁉　あなたが後継者だなんて、わたしはぜったい認めない！」

史奈さんがわたしのほうに来て、右手を思いっきり振り上げたのが見えた。

「あなたさえいなければ……！」

とっさに身体が動いて、史奈さんを抱きしめていた。

「……はっ、ちょっと急になに⁉」

このまま史奈さんが感情的になって、誰かを傷つけてしまうのは違う。

「ごめんなさい。わたしはたしかに羽澄家にふさわしくないかもしれない。史奈さんが納得できない気持ちもわかります」

「は……？　いや、だからなんなの……！」

「史奈さんが小さい頃からどれだけ我慢して、羽澄家の名に恥じないように、周りから認めてもらえるように努力してきたか、わたしには想像することしかできない」

きっと、底知れぬ努力を積み重ねて、周りの期待に応えられるように、認めてもらえるように成長してきたんだと思う。

「わたしはまだまだ未熟で、史奈さんみたいにわたしのことをよく思わない人もいると思う」

実際わたしは今まで一般家庭で育ってきて、この世界の大変さや苦しさはまだほとんどわかってない。

「今は認めてもらえないことばかりかもしれないけど……。いつか、ほんの少しでも成長したって思ってもらえるように努力するって約束します……！　だから、史奈さんが今まで努力してきたことを無駄だなんて言わないでほしい」

「っ……」

「史奈さんみたいに胸を張って努力してきたって言えるように、これからたくさん経験を積んで、周りに認めてもらえるようにわたしも頑張ります」

＊　＊　＊

あのあと、史奈さんは何も言わずに席を外した。

そして今、わたしは埜夜くんとおじいちゃんの部屋に呼ばれた。

あんな目立つことしたから叱られるかもしれない。

「柚禾」

「は、はい」

ずっと黙っていたおじいちゃんが、ゆっくり口を開いた。

何を言われるんだろう。不安になって、思わず拳をギュッと握ると……。

「お前は強くなったな」

「……え？」

まさかの言葉に、目をぱちくりさせておじいちゃんを見る。

「今日、お前の姿を見て正直驚いた。これほどまでに成長していたことにな」

おじいちゃんのこんなやわらかい表情、はじめて見た……かも。

「これからもその調子で頑張るといい。お前が将来どのような姿に成長するか、わたしも楽しみにしているからな」

正直、おじいちゃんからは認められてないと思っていた。

ただわたしは血のつながりがあるから後継者になれただけで、期待もされてないと思っていた。

それに、冷たいと思ってたおじいちゃんの優しさが、ほんの少し見えた気がする。

「埜夜、お前もどうだ？」

「……はい。柚禾お嬢様のそばにいられることが幸せです」

「そうか。お前の決心が固いことは承知してる。これからも柚禾の成長をそばで見守ってやってくれ」

おじいちゃんが、埜夜くんのことを気にかけてるのがわかる。

これはあくまでわたしの推測《すいそく》だけど……おじいちゃんと埜夜くんの間で何かあったりするのかな。

お屋敷に帰ってから気になったので、埜夜くんに聞いてみた。

「埜夜くんとわたしのおじいちゃんって、何か関わりがあったりするの？」

「ゆずのおじいさんには、無茶なおねがい聞いてもらってるから」

「無茶なおねがい？」

「ゆずは知らなくていいこと」

なんだかうまく濁《にご》されちゃったけど。

わたしのおじいちゃんと埜夜くんに、どんなつながりがあるんだろう？

まさかの執事トレード？

季節は秋に入って、気づけばもう十一月下旬。

すべての授業が終わって、帰りのホームルームが始まるときだった。

急にクラス内に飛び込んできた人がひとり。

「はーい、みなさーん！　ちょっとの間、わたしの話を聞いてね～」

理事長さんだ。いきなりどうしたんだろう？

「今からとあるイベントを開催しまーす！」

理事長さんって、勝手なイメージだけど突拍子《とっぴょうし》もないこと言う人な気がするから。

この前のお嬢様かくれんぼのこともあるし。

今回はいったい何を――。

「その名も、執事トレードタイム！」

えっ、それって埜夜くんがわたしの執事じゃなくなるってこと？

「自分たちの関係を振り返るいい機会だと思ってちょうだい！」

クラス内のみんなも突然のことにざわざわしてる。

「あっ、もちろん期間限定でね！　期間は二週間！　クジでお嬢様と執事の組み合わせを決めるから～」

こ、こんないきなり⁉　しかもクジで決めるなんて。

「理事長も相変わらずぶっ飛んだこと言うな」

「わ、わたしと埜夜くん離れることになるの？」

「俺はゆずのそばを離れるつもりはまったくないけど」

「わたしも埜夜くんと一緒にいたい……」

みんなから見えないように、埜夜くんの執事服の裾をキュッとつかんだ。

「俺以外の男がゆずのそばにいるとか無理」

理事長さんの言うことはぜったいだから。

こうなると、あとは運に頼るしかない。

どうか埜夜くんがこのまま執事でいてくれますように……！

そう願って、クジを引いた結果。

「わぁ、わたし栖雲くんだ〜！　よろしくね！」

「数日ですがよろしくお願い致します……実海お嬢様」

埜夜くんが仕えるお嬢様は、実海ちゃんに決定。

わたしはというと……。

「え、えっと、加賀美くん。数日だけどよろしくです」

「はい。こちらこそよろしくお願いします、柚禾お嬢様」

クジの結果、わたしの執事は加賀美くんに決定。

それぞれトレードされた組み合わせで、執事がお嬢様の横についた。

なんかすごく変な感じ……。埜夜くんが、わたしじゃない子のそばにいるのが。

埜夜くんの隣は、いつもわたしだったのに……今は違う。

「さーて、組み合わせも決まったことだし！　今から二週間、新しいお嬢様と執事でいい関係を築《きず》いてちょうだいね〜。それじゃ、今日はこれで解散！」

まさかこんなかたちで、埜夜くんと離れることになるなんて。

＊　＊　＊

迎えの車で加賀美くんとお屋敷に帰ってきた。

「柚禾お嬢様」

「は、はい！」

「そんなかしこまらなくて大丈夫ですよ」

「うっ、いや……なんか慣れないなぁって」

それに、加賀美くんとこうしてふたりで話すの何気にはじめてだし。

「できたらふたりのときは敬語とかなしで、気軽に話してもらえるほうが楽《らく》かも」

埜夜くんも執事モードとそうでないときと、切り替えがはっきりしてるから。

加賀美くんなりに気を遣ってくれてるのかもしれないけど。

「じゃあ、お言葉に甘えて。埜夜には普段なんて呼ばれてるの？」

「ゆずとか……かな」

「さすがにいきなり呼び捨ては厳しいな。埜夜に怒られそうだし」

「どうして？」

「俺のゆずなのにとか言いそうじゃない？　だから俺は柚禾ちゃんって呼ばせてもらおうかな」

「そ、そうしてもらえるとありがたいです」

「ははっ、柚禾ちゃんのほうが敬語になってるよ？」

「う、や……なんか、加賀美くんとの距離感がいまいちわからないといいますか」

「いつも埜夜に接してるみたいな感じで大丈夫だよ。学園でも屋敷でも堅苦しいと大変だよね。実海も似たような感じだから」

「え、そうなんだ！」

加賀美くんが実海ちゃんに話してるときは、いつも敬語だし。てっきりお屋敷でもそんな感じなのかと思ってた。

あっ、でも夏休み海に行ったときは、普段のふたりの様子が見れたかな。

「にしても埜夜が心配だな。実海の自由な性格に振り回されてないといいけど」

「心配なのはほんとに埜夜くんだけ？」

「いや……実海のほうが心配だよ。俺がそばにいなくて平気とか言われたら、それこそ俺のほうがショックでぶっ倒れそうだし」

普段のふたりを見てたら、なんとなくわかる。

「加賀美くんって、実海ちゃんのこと好き、だよね？」

「それはどういう意味の？」

「恋愛的な意味で」

「ははっ、柚禾ちゃんにまでバレてるんだ」

軽く笑ってるけど、否定しないってことはやっぱりそうなんだ。

「ふたりは付き合ってるの？」

「付き合ってないよ。そもそも、実海が俺を男として見てくれてるかわかんないし。実海は恋愛とかに疎《うと》い性格だからさ。俺がどれだけ実海を特別扱いしたって全然気づいてなさそうだし」

「気持ち伝えないの？」

「俺の一方的な想いで実海を困らせたくないんだ。それに今の関係を壊したくないんだ。俺がいちばん怖いのは実海のそばを離れることだから」

それはすごくわかる。

わたしも、埜夜くんに好きって伝えて想いが届かなかったら……この関係でいることすらもできなくなるかもしれない。

だったら、今こうしてそばにいてもらえるだけで十分幸せなんじゃないかって思えるから。

「柚禾ちゃんはどう？　埜夜に対して恋愛感情とかないの？」

「な、ないわけじゃ……」

「じゃあ好きなんだ？」

「うっ……」

「今のリアクションからして図星だね？」

「や、埜夜くんには内緒だよ……！」

バレちゃったら仕方ない。

加賀美くんは言いふらしたりするような人じゃないだろうし。

「も、もしもだけど……わたしが埜夜くんに好きって伝えたら迷惑かな」

「迷惑だとは思わないよ。それに、埜夜が柚禾ちゃんの執事としてそばにいるって決めて今があるわけだし」

「埜夜くんは、どうしてわたしの執事になったんだろう」

ずっと気になっていたこと。

埜夜くんにちらっと聞いたこともあったけど、はっきりした答えは返ってこなかった。

「埜夜なりに、何か考えてることや抱えてることがあるのかもね。幼なじみの俺もあんま深くは知らないんだけどさ。ただ……埜夜はたぶんずっと前から柚禾ちゃんのそばにいることを決心してたと思うよ」

「え……？」

「今度機会があれば聞いてみるといいかもね。少し昔……幼い頃の話とか」

＊　＊　＊

それから埜夜くんがそばにいない生活がスタート。これが結構いろいろ大変で。

加賀美くんは執事として本当にきちんとしてくれてるし、文句の付けどころもないくらい完璧……なんだけど。

わたしが埜夜くんのいる生活に慣れてしまっていたツケが回ってきてる。

まず朝、加賀美くんが起こしに来てくれるんだけど、まったく目が覚めない。

起きてからもずっと頭がボーッとしてる感じ。

そういえば……朝起きるのが苦手なわたしのために、埜夜くんがいつも寝る前にアロマを焚《た》いてくれてたっけ。

いつも当たり前のようにしてもらってたけど、それは当たり前じゃないんだ。

それに朝食もわたしが苦手な食材がたくさん入ってる。

今までずっと、食事で苦手なものが出てきたことがなかった。

夕食のときもあまり食事が進まない。

「柚禾ちゃん、大丈夫？　食欲ない？」

「あ、えっと……わたしじつは結構偏食《へんしょく》で。食べられるものが少なくて」

「そうだったんだ。ごめんね、全然気づけなくて」

「ううん、加賀美くんは何も悪くないよ！」

でも今までこんなことなかったのは、どうしてだろう？

すると、部屋の扉がノックされて慌てた様子でシェフの人が入ってきた。

「柚禾お嬢様！　大変申し訳ございません！」

「え、え？」

「以前から柚禾お嬢様の苦手な食材をうかがっていたのですが、ここ数日別のシェフが料理を作っており、配慮が足りておらず申し訳ございませんでした……！」

「あっ、えっと、そんな謝らないでください。わたしのほうこそ、いつも気を遣って食事を作ってくださってありがとうございます」

「いつも栖雲さんがとても気にされておりまして。柚禾お嬢様の食事には気を配るようにと」

そこまで埜夜くんは気を遣ってくれていたんだ。

それだけじゃない。

「柚禾ちゃん、そろそろ支度できた？」

「あっ……まだ終わってなくて」

何気なくそばにいてくれてる埜夜くんが、わたしが過ごしやすいように食事や時間管理をしてくれていたんだ。

わたしの知らないところで、埜夜くんの気遣いがたくさん見えた。

わたしも頼ってばかりじゃなくて、きちんと自立していかなきゃいけない。

すべての準備を終えて、ようやく学園へ。

埜夜くんと離れてまだ数日だっていうのに、これじゃ先が思いやられる。

それに、いちばんなんともいえない気持ちになる瞬間がある。

「柚禾ちゃーん！　おはようっ！」

「あ、実海ちゃんおはよう」

実海ちゃんと埜夜くんが、クラスにやって来た。

手をブンブン振って、こちらに小走りで向かってくる実海ちゃん。

「柚禾ちゃ……うわっ!!」

転びそうになる実海ちゃんを、とっさに埜夜くんが受け止めた。

「栖雲くんナイス！　ありがとう」

「いいえ。気をつけてください」

変なの……埜夜くんも実海ちゃんも何も悪くないのに。

胸のあたりが勝手にモヤモヤする。

埜夜くんが、わたし以外の女の子のそばにいるのがこんなに苦しいなんて、知らなかった。

そして、一日の授業はあっという間に終了。

明日から休みに入るので、二日間完全に埜夜くんとは会えなくなる。

埜夜くんは、いつもと何も変わらなさそうだけど、わたしは寂しい気持ちでいっぱいだ。

＊　＊　＊

そして迎えた日曜日。

お屋敷に誰か来たみたいで、加賀美くんが部屋に通してくれた。

誰が来たのかというと……。

「柚禾、久しぶりだね」

「め、還琉くん！　どうしたの？」

「せっかくの休みだから、柚禾と過ごしたいなと思って。よかったら僕とデートしない？」

「デ、デート⁉」

まさかのお誘いにびっくり。

すると、還琉くんの目線が加賀美くんに向いた。

「そういえば、柚禾の執事さん変わったの？」

「えっと、二週間限定でトレードしてて」

「へぇ、そうなんだ。それなら僕にとってチャンスかな」

「チャンス？」

「僕と柚禾がデートするのは何も問題ないですよね？」

還琉くんが加賀美くんにたいして言った。

「はい。わたしからは何も言うことはございません」

「それじゃあ、今日一日僕が柚禾をあずかるので」

え、あれ……これってデートするのは決定なの？

ボケッとしてる間に、還琉くんがわたしの手を引いて部屋を出ようとしてる。

去り際に、加賀美くんが「……ったく、埜夜も柚禾ちゃんもふたり揃って世話が焼けるな」なんてことを言いながら、どこかに電話をかけてるのが見えた。

＊＊＊

「わぁ、懐かしい！　ここよく遊びに来てたところだ！」

やって来たのはテーマパーク。

「ここなら楽しめると思ってさ」

まだ幼かった頃、家族ぐるみでよくここに来てたなぁ。そのときいつも還琉くんと絶叫系のアトラクション巡りしてたっけ。

ただ小さい頃はいろいろ制限があって、乗れるものが少なかったんだよね。

「まず何から乗りたい？　今日はとことん付き合うよ」

「じゃあ、絶叫系を全制覇《ぜんせいは》で！」

ひとりでいると、埜夜くんのことを考えてしまうから。

こうしてるほうが、何も考えなくて気が楽かも。

スマホのアプリで混雑状況とか調べて、空いてるものから乗っていくことに。

ジェットコースターとかフリーフォールとか、たくさんあってすごく楽しい！

「還琉くん！　次はこれ乗ろう！」

「柚禾はほんと昔から絶叫系好きだね」

「スリルがあって楽しいじゃん！」

「柚禾が楽しいならよかったよ」

それから二時間、休憩《きゅうけい》を挟みながらいろんな絶叫系を楽しんだんだけど。

「次はどれ乗りたい？　もうほとんど制覇したかな」

「まって還琉くん！」

「……ん？　どうかした？」

還琉くんの顔色が悪いことに気づいた。

普段からにこにこ笑ってるから、表情が読み取りにくい還琉くん。

でも、これはさすがに気づく。

「還琉くん、無理してるでしょ？」

「……どうして？」

「顔色よくないし、なんかしんどそうに見えたから」

「平気だよ。今日は柚禾に付き合うって決めてるから」

「じゃ、じゃあこっち来て！」

還琉くんの手を引いて、ベンチのほうへ。ついでにハンカチを水で濡らしてきた。

「はい、還琉くんはここに座って、このハンカチ使って！」

「柚禾は優しいね。僕は平気なのに」

「還琉くん気づいてる？　還琉くんって、昔から無理してるとき頑張って笑おうとするの」

「…………」

「わたしには気を遣わなくて大丈夫だから、今はゆっくり休んで」

「……柚禾にはなんでもお見通しか」

やっとベンチに座ってくれた。やっぱりしんどいのか、少しぐたっとしてる。

「もしかして絶叫系苦手だった？」

「そんなことないよ」

「嘘言わないで還琉くん」

「……ははっ、ほんと柚禾にはかなわないな」

隣に座ってるわたしに、身体をあずけるように倒れてくる還琉くん。

少し呼吸が荒いから、やっぱり無理してたんだ。

「ごめんね、わたしのせいで」

「ううん、柚禾のせいじゃないよ」

「何か飲み物買ってくるよ！　還琉くんはここで待って――」

「……柚禾がそばにいてくれたら平気」

「で、でも！」

「じゃあ、今だけこうさせて」

わたしの肩にちょこんと頭を乗せて、軽くわたしの手を握った。

「わ、わたしは何をしたらいい？」

「ん……？　僕のそばにいてくれたらいいよ」

「それだけでいいの？」

「柚禾がそばにいてくれることが、僕にとってはうれしいことなんだけどな」

なんだか懐かしい気分になる。

幼い頃、還琉くんと遊んでたとき、疲れちゃったわたしがこうやって還琉くんに寄りかかってたなぁ……。

還琉くんはいつも優しくて、あたたかい男の子だった。それは今も変わらない。

それに、還琉くんとは思い出がたくさんある。

このテーマパークだって、幼い頃に還琉くんと来たのが最後。

あれ、でもだとしたら……。

「もしかして、還琉くん小さい頃から絶叫系乗れなかった？」

「……さあ、どうかな？」

「ええ、ぜったいそうだよ！　昔から無理してたの？」

還琉くんは、わたしがやりたいって言ったことぜんぶに付き合ってくれてた。

幼い頃は、そこまで気づけなかったけれど。

「僕は柚禾が笑ってる顔が好きだから」

なんの迷いもなく、はっきり伝えてくれる。

重なってるだけの還琉くんの手に、ほんの少しだけ力が入った。

「あと少しだけ……柚禾の時間を僕にくれる？　伝えたいことがあるんだ」

何かを決心したような、真っすぐな瞳だった。

＊　＊　＊

「わぁ、ゆっくりだけど少しずつ上にあがってるね」

「小さい頃の柚禾は高いところ苦手で、よく僕に泣きついてたよね」

「それは忘れてよぉ……。今は平気だし」

「ははっ、忘れないよ。僕にとっては大切な思い出だし」

最後にふたりで観覧車に乗ることに。ここのテーマパークの観覧車はとても大きくて、一周するのに十五分くらいかかる。

向かい合わせで座ってる還琉くんの目線が、ゆっくりわたしのほうに向いた。

「柚禾にどうしても話しておきたいことがあってさ」

「……？」

「僕もうすぐロンドンに帰るんだ」

え……？　帰ってきたばかりなのに……またロンドンに戻っちゃうなんて。

てっきり、このまましばらくは日本にいると思ってたから。

「柚禾……僕と一緒にロンドンに来てほしい」

「……え」

「このままロンドンに戻ったら、僕はもう日本に帰ってくることはない」

「な、なんで……」

「今回日本に帰ってこれたのは、僕が父さんにお願いしたから。どうしても柚禾に会いたくて、少しだけ自由な時間をもらったんだ」

「……………」

「本当は日本に帰ることを反対されてた。ロンドンにいる間も、父さんの会社を継ぐ関係で経営学の勉強とかでなかなか自分の時間も取れなくてさ。けど、なんとか父さんを説得して、やっと柚禾に会うことができた」

そこまでして、わたしに会いに来てくれたなんて……。

「日本に帰ってきて、つかの間だったけど柚禾と過ごせたことが、僕にとってはすごく幸せなんだ」

「っ……」

「その幸せをこれで終わりにしたくない。できることならずっと、ずっと……柚禾と一緒にいたい」

痛いほどまっすぐ想いは伝わってくるのに。

「もう柚禾のそばを離れたくないんだ」

わたしは、きっと……その想いには応えられない。

還琉くんがわたしを想ってくれてることも、わたしのために日本に帰ってきてくれたのも……ぜんぶわかるの。

でも、どうしてもわたしの気持ちは——。

「め、還琉く——」

「すぐじゃなくていい。僕と一緒の時間を過ごしていくうちに、少しずつでいいから僕を好きになってほしい」

「でも……わたしは将来、羽澄家の後継者になることが決まってて——」

「僕の家と柚禾の家が組むなら、柚禾が桔梗家の人間になることを柚禾のおじいさんは許してくれるはずだから」

たしかに、還琉くんの家柄を考えれば相手としては申し分ないはず。

おじいちゃんも反対しないかもしれない。

「柚禾の気持ち次第で僕はなんだってする。たとえ誰かに反対されようとも、僕の柚禾への想いは変わらない」

「っ……」

「だから僕を選んで……柚禾」

わたしのことも、家のこともぜんぶ還琉くんなりに考えて伝えてくれた想い。

還琉くんが本気なんだってすごく伝わる。

でも……。

「還琉くんのことは、好き……だよ」

「じゃあ、僕と一緒にロンドンに来てくれる？」

「そ、それは……できない」

「どうして？　僕のことが好きなら——」

「還琉くんに対しての好きは、幼なじみとしてだから。すごく大切で大事にしたい存在だけど……恋愛的な好きとは違うと思うの」

「じゃあ、柚禾の気持ちが僕に向くまで待つって言ったら？」

「それは……」

「僕って結構諦め悪いからね。ただ、柚禾の気持ちを無視して連れて行きたいとは思ってない。もう少しだけ考えてほしい」

＊＊＊

「ふぅ……」
あれからお屋敷に帰ってきた。
還琉くんの強い決心と言葉を聞いて、わたしはどうするべきだったのかな。
わたしは埜夜くんが好きで、還琉くんの気持ちには応えられない。
けど、還琉くんは諦めずにわたしの気持ちが向くまで待つと言ってくれた。
ベッドに倒れ込んで、ボーッと天井を眺める。
ひとりになると考えるのは、いつも埜夜くんのことばかり。
「会いたいよ……埜夜くん……」
ベッドのそばの窓を見ながら、そんなことをつぶやくと。
窓に一瞬、黒い人影のようなものが映ったように見えた。
えっ、今のなに？　めちゃくちゃ怪しい気がする。
何かあったら怖いし、加賀美くん呼ぼうかな。
ベッドから起き上がった瞬間、窓をコンコンと叩くような音がした。

「え、なっ……えっ」

そこにいるはずのない人が映ってびっくり。

「や、やよく――」

「……しっ。声出すと周りに気づかれるから」

窓を開けると、そこにいたのは埜夜くんだった。

「な、なんでここに」

トレード期間中は、学園のルールで学園外でお嬢様と執事がもともとのペアで会うことは禁止されてる。

ルールを破ったことが学園にバレたら、罰則《ばっそく》を受けることになる。

「爽斗から連絡あった」

「な、なんて……？」

「……あの婚約者と会ったんだって？」

埜夜くんの手がわたしの背中に回って、そのままゆっくりベッドに押し倒された。

「い、いきなり還琉くんがお屋敷に来て、ふたりで出かけただけで」

「ほんとにそれだけ？」

「それ……だけ。還琉くんとは何も――」

なかったわけじゃない。ただ、わたしの気持ちが埜夜くんに向いてるのは変わらない。

でも、それを伝えていいのか迷ってしまう。

「還琉くんの真剣な想いを聞いたの」

「………」

「でもわたしは……」

「今はゆずの口から聞きたくない」

「んっ……」

先の言葉を止めるように、唇が塞がれた。

同時に……切なそうに歪《ゆが》んだ埜夜くんの顔が映った。

ただ触れてるだけのキス。なのに、触れてる唇が異常に熱く感じて甘い。

少しの間、触れたまま……しばらくして離れるのを惜しむように唇がゆっくり外れた。

でも、お互いの距離は近くて目線は絡んだまま。

「いい加減……こんな嫉妬《しっと》でいっぱいになってんのに」

いつもの埜夜くんと違って、少し余裕がなさそう。言いたいことを堪《こら》えてるようにも見える。

「俺だけ見てたらいいんだよ」

甘くて危険で……溺れるのなんかほんと一瞬。

埜夜くんの甘さにはぜったいかなわない。

「ゆずは俺のなんだから」

今度は唇じゃなくて、頬に触れるくらいのキスが落ちてきた。

たぶん、わざと唇から外すようにキスした。

こんな近くで埜夜くんを感じるのが久しぶりで、心臓がうるさいくらい鳴ってる。

「埜夜くんのことしか見えてない……のに」

「っ……、あーもう……」

「……？」

「だから煽りすぎ」

気づいたら、埜夜くんの頬にそっと触れてた。

じっと見つめ合って数秒。

「……もう知らない。散々煽ったゆずが悪い」

頬に触れてた手をつかまれて、そのままキスが落ちてきた。

今度は唇に、しっかり感触を残すようなキス。触れるだけじゃ物足りないって、すごく求めてくる。

「ゆずは俺にどうされたい？」

「え……？」

「めちゃくちゃにしてほしい？」

「えぇっ……」

そんなこと言ってまた甘くて深いキスばかり。

次第に頭に酸素がうまく回らなくなってくる。でも埜夜くんは全然手加減してくれない。

ずっとキスで塞がれたまま、苦しくて思わず埜夜くんの手をギュッとつかむと。

「そんなことしてさ……俺のことどうしたいわけ」

「んんっ……ちょっと、まって……」

「……今は聞いてあげない。ゆずがもっと俺を満足させて」

このはっきりしない関係のままはよくないってわかってる。

このまま好きって伝えちゃいけないかな……。想いがぜんぶあふれてきそう。

やっぱり埜夜くんだから触れたいと思うし、会えなくて寂しいなって思うの。

離れてから、より一層……埜夜くんへの気持ちが強くなった気がする。

埜夜くんには、ずっとわたしのそばにいてほしい。

もしわたしが好きって言ったら、埜夜くんは困るかな……？

埜夜くんだから甘えたい

執事トレードをして二週間が過ぎた。

「はーい、今日で執事トレードは終了！　みんなどうだった？　いつも自分のそばにいてくれる存在は、決して当たり前じゃないことに気づくいいきっかけになったかしら？」

朝のホームルームにて。

理事長さんから正式に、執事トレードが終了したことが告げられた。

埜夜くんがそばにいなかった二週間は、ものすごく長く感じた。

それに、今は寂しかった気持ちが大きい。

埜夜くんが、またわたしのそばにいてくれるのがすごくうれしいな。

「柚禾ちゃん、ちょっとこっち来て！」

「実海ちゃんどうしたの？」

埜夜くんや加賀美くんにバレないように、ヒソヒソしてる。

それに、実海ちゃんの瞳がすごくキラキラしてる。

「いいこと教えてあげるっ」

「いいこと？」

「栖雲くんのことだよ！　柚禾ちゃんのそばを離れてたときの栖雲くんの様子知りたくない？」

「し、知りたい！」

いったいどんな感じだったんだろう？　すごく気になる。

「もうね、柚禾ちゃんにぜったい話さなきゃと思ってね！　栖雲くんってば、すごくわかりやすいんだから！」

埜夜くんって、そういうタイプだったかな？　人前では結構クールな印象だったけど。

「わたしの中での栖雲くんってね、ちょっと冷たいイメージだったの。あっ、もちろん柚禾ちゃんにはとっても甘々だけど～」

「ど、どうなんだろう」

「普段の様子見てたらわかるよ〜！　それでね、トレードしてた期間の栖雲くんなんだけど、まずものすごーく真面目だったの！　執事として完璧だし仕事も早くてね！　でも、必要最低限のことしか話してくれないし、結構塩対応なの！」

「えっ、そうなんだ」

「柚禾ちゃんと話してるときの栖雲くんって、すごくやわらかい表情してるし、優しい雰囲気なのに！　わたしといるときは、執事モード全開って感じだったの」

たしかに、埜夜くんが執事モードじゃない状態で実海ちゃんに接してる姿が想像できないかも。それに、あんまり仲良くすると加賀美くんが黙ってなさそうだし。

「もうお堅い雰囲気で！　柚禾ちゃんと一緒にいるときと差がすごくてね！」

「機嫌悪かったのかな」

「違うよ〜！　柚禾ちゃん以外に興味がないの！　栖雲くんって好きな子……柚禾ちゃんに対しては態度に出やすいのかなぁ」

「好きな子⁉」

「えっ、そこ驚く⁉　だって、唯一《ゆいいつ》柚禾ちゃんの名前を出すと、栖雲くんすごく反応してたんだよ！　柚禾ちゃんのお屋敷での様子とか話すと、ものすごく聞きたがってたし」

「それは執事として心配してくれてる……とか？」

「柚禾ちゃんは栖雲くんに愛されてるんだよ～！　栖雲くんが柚禾ちゃんしか見てないのがすごくわかったよ！」

そんなの期待しちゃうよ。埜夜くんの特別が、わたしだけなんじゃないかって。

「柚禾ちゃんは幸せだねっ。それだけ大切に想ってもらえて！」

いつの間にか欲張りになっていた。

埜夜くんのそばにいるのも、埜夜くんが特別だって思う相手も……ぜんぶわたしだったらいいのにって。

＊　＊　＊

お屋敷に帰ってきて、時刻は夜の九時を回った頃。

「ゆずと過ごすの久しぶりに感じる」

「そ、そうだね。二週間って結構長かった気がする」

「俺がいなくて寂しかった？」

冗談っぽく聞いてくる埜夜くん。

「埜夜くんは……？」

「俺が聞いてんだから答えて」

ぜったい言わせるって瞳をしてる。

誘うのだって、甘く引き込むのだって、埜夜くんにとっては簡単なこと。

わたしばかりが埜夜くんでいっぱいで、余裕もない。胸がぎゅうってつぶれそう。

「ゆず……聞かせて」

こんな迫られたら、平常心でいるほうが無理なのに。

「……かった」

「ん？」

「埜夜くんがいなくて寂しかった……っ」

今日はなんだか、自分の気持ちに素直になれる気がする。

離れてみて、あらためて気づいたの。わたしには埜夜くんが必要なんだって。

「埜夜くんは、答えてくれないの？　わたしだけに言わせるのずるいよ」

「寂しがってるゆずも可愛いね」

「はぐらかした」

「だってゆずがそうやって甘えるのは俺だけでしょ？」

「う……ん」

「んじゃ、それは俺だけが独占できるゆずの可愛さじゃん」

「埜夜くんの可愛いの基準わかんない……」

「俺はゆずにしか言わないけど」

「ほ、ほんと……？」

「まだわかってないんだ？」

コツンとおでこがぶつかった。触れそうで触れない距離に、また心臓がうるさくなる。

やっぱり、埜夜くんだから…ドキドキするんだ。それに、好きって気持ちがどんどん大きくなってる。いつかこの想いが、あふれちゃうかもしれない。

それからしばらくソファでまったり過ごしてると、寝る前に埜夜くんが紅茶を淹れてくれた。

「あっ、ありがとう」

埜夜くんが離れていっちゃう。わたしが眠そうになってきたら、埜夜くんは部屋から出ていくから。

とっさに埜夜くんの執事服の裾をつかんだ。

「どうした？」

「埜夜くんも、そばにいて」

わたしの隣に腰を下ろしてくれた。

埜夜くんのそばにいられるのは、わたしだけの特権。他の子には渡したくないって思っちゃう。

うぅ、わたし埜夜くんのこと好きすぎない？　もしかして、バレてたりする？

「眠い？」

「ううん、眠くないよ」

心配そうに、優しくわたしの肩を抱き寄せてくれる。

「もうちょっとだけ埜夜くんと一緒にいたい……」

埜夜くんが、わかりやすくピクッと動いた。

少し戸惑うような、深いため息も聞こえてきた。

「せっかく我慢してたのに」

わかりやすくわたしと距離を取った。

それがなんだか寂しく感じて、身体が勝手に動いてた。

「はぁ……いきなり抱きつくのダメだって」

「埜夜くんだって、いきなり触れてきたりするでしょ。おあいこだよ」

「ゆずがこんな甘えてくるの心臓に悪すぎるんだけど」

わがままかもしれないけど、まだ一緒にいたい。

ゆっくり顔をあげて、埜夜くんの瞳をちゃんと見た。

好きって言えない、この距離感がもどかしく感じる。

「……なんでそういう顔すんの」

もう一度ため息をついて、少し困った顔をしてる。

「ほんと危機感なさすぎ」

見つめ合って数秒、埜夜くんの表情が崩れた瞬間、ふわっと抱きあげられた。

優しくベッドの上におろされて、埜夜くんと距離が近いのは変わらない。

「俺に何されても文句言えないってわかってんの」

ベッドがギシッと軋む音と同時に、埜夜くんが真上に覆いかぶさってきた。

ゆっくり顔が近づいてきて、唇が触れる寸前でピタッと止まった。

「埜夜くんに触れられるのは、嫌じゃないよ」

「はぁ……ゆずは俺のことどうしたいわけ」

「わかんない……」

「大胆で無自覚なの、ほんとどうにかして」

揺れる熱い瞳、触れる甘い体温。ドキドキして、身体が熱くなってくる。

キスするの……かな。

ギュッと目をつぶると、ふにっとやわらかい感触が唇に触れた。

「ん……っ？」

前にキスした感じと、ちょっと違う。唇が触れてる感覚じゃない。

つぶっていた目をゆっくり開けると、さっきと変わらず埜夜くんの顔は近い。

「……キスされるって期待した？」

「ずるい……」

棽夜くんの人差し指が、わたしの唇に触れてた。

「……今はしない」

やっぱりわたしのこと好きじゃないから……？

触れてもらえないのが、もどかしく感じるの……変なのかな。

第五章

執事VS幼なじみ

気づいたらもう十二月で、学園は冬休みに入った。

今日はおじいちゃんの会社、羽澄グループのパーティーがある日。

世間に正式に後継者と発表するのは、わたしが高校を卒業してから。

そのときが来たら、会社関係者をはじめ、さまざまなメディア関係者を呼んでの大きな発表になるらしい。

まだもう少し先のことだけど、こういう場に慣れたほうがいいって、おじいちゃんの提案で今日のパーティーに出席することになった。

もちろん埜夜くんも一緒。

「やっぱりこういう雰囲気って緊張する」

「まだ慣れない？」

「おじいちゃんの会社関係の人とかいるわけだし……」

「ゆずは自信持っていいよ。もっと胸張っていいと思う」

今もパーティーの雰囲気に緊張して、落ち着かない。

広々としたホテルのホールを貸し切った会場。会社関係者っぽいスーツを着た大人たちがたくさん。

わたしに声をかけてくる人はいないけれど、おじいちゃんは羽澄グループの会長だから、いろんな人に声をかけられてる。

わたしはその様子を少し離れた場所で見てるだけ。

少し前におじいちゃんに言われた。正式に後継者のことが発表されたら、関係者への挨拶はもちろん、会食やパーティーに呼ばれることもあるって。

今からこういう場所で少しずつ経験を積むことも大切なんだ。

「柚禾」

「え、還琉くん？」

いつもの雰囲気より大人っぽくて、スーツに身を包んでる。

還琉くんも来てたんだ。

「遊園地ぶりだね、会えてうれしいな。柚禾のおじいさんが主催のパーティーだから、もしかしたら柚禾も参加してるかと思って」

「おじいちゃんに呼ばれて……」

「そっか。僕も招待してもらったんだ。今さっき柚禾のおじいさんにも挨拶してきたよ」

「そ、そうなんだね」

まだ……還琉くんへ返事をしてない。

きちんと伝えないといけない……わたしの今の気持ちを。

すると、還琉くんの目線が埜夜くんに向いた。

「柚禾のところに戻ってきたんですね」

「……はい。お久しぶりです」

「僕としては、あのまま柚禾から離れてもらうほうが都合よかったんですけどね」

「…………」

「そうだ、柚禾。今から僕とテラスで少し話さない？」

還琉くんに手を取られる寸前、埜夜くんがそれを阻止《そし》した。

「還琉様、外は今とても寒いです。柚禾お嬢様の体調を気にしていただけたらと」

「それじゃあ、柚禾とふたりで話をさせてくれる？　もちろん、柚禾のことを考えて外には連れて行かない」

「………」

「執事のキミには少し外してほしいんだ」

「……柚禾お嬢様はどうしたいですか？」

「え、あっ、わたしは……」

「そういえばずっと前から気になっていたんだけど、キミは柚禾の執事であって、柚禾に対して特別な感情は抱いてないよね？」

還琉くんは何が言いたいの？　いつもの還琉くんらしくない。

「柚禾は必ず僕が幸せにする。キミみたいな執事に何ができる？　ただの執事が柚禾を幸せにできるとでも？」

「………」

「柚禾を想うなら、どうすべきか……答えは出てるんじゃ？」

ここまで言われて、埜夜くんはなんて言うの……？

もし、還琉くんといるほうが幸せだなんて言われたら――。

「……柚禾の幸せは柚禾自身が決めることで、あなたが決めることじゃない」

はっきり強く、埜夜くんの言葉が伝わってきた。

さらに。

「ただ……柚禾が俺を選んでくれるなら、誰にも渡すつもりはない」

「へぇ……キミにもそれなりの覚悟があるんだ？」

「たとえすべてを敵に回しても――俺には柚禾さえいればそれでいい」

迷いもなくはっきり言ってくれた。

上辺だけじゃない……本当にそう思ってくれてるのがすごく伝わる。

「あら～？　羽澄さんに栖雲くんじゃなーい！　やっぱり今日参加してたのね」

「えっ、理事長さんがどうしてここに？」

なんてタイミング。

「決まってるじゃない！　あなたのおじい様に招待してもらったのよ。わたしの実家が羽澄さんの会社と取引がある関係でね」

「あっ、そうだったんですね」

理事長さんが還琉くんに気づいた。

「あれ、あなたたしか……少し前、羽澄さんに会いに来てたわよね？」

はっ、そういえば還琉くんが帰国してわたしに会いに来た日、理事長さんも偶然その場に居合わせたんだっけ。

「柚禾の学園で一度お会いしましたね」

「やっぱりそうよね〜！」

相変わらず、この場の空気はピリピリしてる。

理事長さんも何かを察したのか、埜夜くんと還琉くんを交互に見てる。

「あらあら、なんだか穏《おだ》やかではなさそうね」

「僕が柚禾を幸せにするって、彼に断言《だんげん》したんです」

「栖雲くんはそれに納得してるの？」

「…………」

「執事の立場があるから、今は何も言えないってところかしら」

理事長さんが、何かを考えるそぶりを見せてる。

そして何かを思いついたのか、ポンッと手を叩いた。

「なんだか丸くおさまらなさそうね〜。それなら、どちらが羽澄さんのことを理解してるか、勝負してみるのはどう？」

「面白そうですね。僕はその勝負受けますよ。ただし、僕が勝ったら彼には柚禾の執事を辞めてもらう」

それはつまり……埜夜くんがわたしのそばを離れるってこと……？

「僕が負けたら、潔《いさぎよ》く柚禾から身を引く。この条件でどうですか？」

この勝負が、何かの区切りになるかもしれない。埜夜くんはどうするんだろう。

しばらく黙り込んだあと、埜夜くんは何かを決心したように一度わたしを見た。

そして、その目線を還琉くんに向けた。

「……わかりました」

「それじゃあ、柚禾をかけて勝負だ。どちらが勝っても文句なしってことで」

決まったからには、わたしは埜夜くんを信じるしかない。

「それじゃ、勝負は三日後ね。時間はまた追って連絡するわ！　場所は英華学園の理事長室に集合で。当日、桔梗くんは学園に入ることをわたしが許可しておくから」

勝負の内容は理事長さんが決めることになった。

＊＊＊

そして迎えた三日後。今日が埜夜くんと還琉くんの勝負の日。

勝負するのは埜夜くんなのに、わたしのほうが緊張してる。

「や、埜夜くん」

「ん、どうした？」

埜夜くんは、いつもと変わらない様子。反対にわたしは不安がうまく隠しきれない。

埜夜くんを信じるって決めたはずなのに。でも、もし還琉くんが勝ってしまったら。

わたしは埜夜くんのそばにいられなくなるの……？

今わたしの中にある埜夜くんへの想いはどうなるの……？

還琉くんの真っすぐな想いも、わたしを大切にしてくれてるのも十分わかる。

それでも……埜夜くんのそばにいたいと思うわたしは、自分勝手なのかな。

「……柚禾。俺を信じて」

「っ……」

「俺はぜったい柚禾のそばを離れない」

この言葉にきっと嘘はない。

＊＊＊

理事長室に着くと、もうすでに還琉くんがいた。

「さて、ふたりとも揃ったわね。それじゃあ、勝負の内容を発表しまーす！」

今日まで勝負の内容はいっさい聞かされていない。緊張からゴクッと喉《のど》が鳴る。

「ふたりには、羽澄さんにとって大切な思い出の場所を当ててもらいます！　そして、その場所に行ってもらいまーす！」

「なるほど。正解は柚禾しかわからないってことですね」

「その通り！　羽澄さんを想う気持ちが強いなら、きっとわかるはずよ」

それぞれ考えて、その場所に行ってわたしがいれば勝ちということになる。

「はーい、それじゃあシンキングタイム！　今から二時間以内にその場所に行ってもらうから。着いたらわたしに連絡すること！　あ、もちろん羽澄さんも思い出の場所を考えてちょうだいね。それと、ふたりが勝負してる間はわたしと一緒にいてもらうから」

思い出の場所……か。たくさんありすぎて、パッと思い浮かばない。

でも、特に思い出深いのは、やっぱりお父さんとお母さんが関わる場所かな。

「この勝負、ほぼ僕の勝ちですね。僕のほうが幼い頃から柚禾との思い出はたくさんあるんで」

「さあ、それはどうかしら？　それじゃあ、ふたりともいったんここから出ていって、それぞれで考えてね。羽澄さんはこのままここに残ること」

こうして、ふたりとも理事長室から出ていった。

埜夜くんは何も言わなかった。ただ、今は埜夜くんを信じたい。

「不安かしら？」

「信じるって決めた……ので」

「そう……。あなたが信じたいと思う人を信じなさい。誰かの幸せを考えるのも大切だけれど、あなた自身が幸せになるのをいちばんに考えることが大切よ」

埜夜くんも還琉くんも……どちらもわたしにとっては大切で。

「相手を傷つけたくない気持ちがあるかもしれないけれど……。中途半端な状態のほうが、もっと相手を傷つけることだってあるのよ。ここであなたの気持ちをはっきりさせなさい」

理事長さんの言う通りだ。

埜夜くんを好きな気持ちは変わらないんだから。

「あ、ありがとうございます。自分の幸せをきちんと考えて、自分の気持ちに正直になろうと思います」

「そうね。それが大切よ。あとは、正解になる場所を決めないとね。あなたにとっていちばん思い出に残ってる場所はどこかしら？」

「わたしにとって思い出の場所……あっ」

「思いついた？」

「は、はい」

「よし、それじゃあわたしたちもそこに向かいましょう！　そこに現れたほうが勝者ってことで」

＊　＊　＊

　理事長さんと車でとある場所へ向かった。

「ここがあなたにとっての思い出の場所？」

「そうです」

　たくさん思い出はあるけど、その中でも特に思い出深い場所。

「昔、両親と一緒に住んでいた家がここにあったんです」

　今は更地《さらち》になってしまって、跡形《あとかた》もなくなってしまっているけど。

「両親が亡くなってから、この家は取り壊されてしまって。わたしは祖母の家に引き取られて、ずっとそこで暮らしてました」

　今でもこの景色を見るだけで、お父さんとお母さんのことを思い出すくらい……

わたしにとっては大切な場所。

「家族で過ごした時間がいちばん長くて、たくさんの思い出が詰まった場所は、ここしかないと思いました」

「そうなのね。羽澄さんのご両親の想いが、この場所にあなたを引き寄せたのかもしれないわね」

　幼い頃に住んでいた家だから、たぶん埜夜くんは知らない。還琉くんは何度か遊びに来たことはあったけど……。埜夜くんにとっては不利な条件かもしれない。

すると、理事長さんのスマホが鳴った。

誰からだろう？　今のところ、ふたりの姿は見えてない。

「……そう、桔梗くんが選んだ場所はそこね。それじゃあ、少しそこで待っててくれる？」

電話を切って、理事長さんがわたしを見た。

「桔梗くんはここには来ないわ。別の場所にいるみたいだから、わたしが迎えに行ってここに連れて来るわね」

ひとり残ったわたしは、ここで待つだけ。

思い返してみれば、両親が亡くなったとき……何が起きたのか頭が真っ白だった。

大切な存在を一気に亡くして、心に穴が空いたみたいで……前向きな気持ちになるのに時間がかかった。

悲しくて寂しくて苦しくて……この感情からずっと抜け出せずにいた。

そんなわたしを引き取ることを、おばあちゃんは快《こころよ》く了承してくれた。

おばあちゃんは、とにかく優しくて明るくてあたたかい人柄だった。いつも太陽みたいに笑っていて、わたしに寂しい思いをさせないように、愛情いっぱいに接してくれた。

そんなおばあちゃんが亡くなったとき、もうわたしのそばにいてくれる人は誰もいないんだって思った。

ひとりで強く生きていかなきゃいけない……そう思ったけど、それは違った。

羽澄家を継ぐことが決まった日からずっと――わたしのそばには埜夜くんがいてくれた。

もうこれ以上、大切な存在を失いたくない。

それにきっと、埜夜くんなら――わたしの想いに応えてくれるって信じてるから。

「柚禾」

後ろから聞こえた声を聞いた瞬間、じわっとまぶたが熱くなった。

振り返ると、たしかに埜夜くんがいた。

信じていた気持ちが届いたんだ。

気づいたら瞳に涙がいっぱいで、気持ちが抑えられなくて埜夜くんの胸に飛び込んでいた。

「俺を信じてくれてありがとう」

「わたしのほうこそ、見つけてくれてありがとう」

埜夜くんは、この場所を知らないかもしれないと思っていたから。

「どうしてここだってわかったの……？」

「柚禾が両親と一緒に過ごした時間がいちばん長かった思い出の場所だろうから」

「でも、埜夜くんは、昔わたしが住んでたところは知らないはずじゃ……」

「もう少ししたら、話せるときがくると思うから」

気になる……けど。話してくれるのを今は待つしかないのかな。

「どうやら決まったようね」

理事長さんと還琉くんがやって来た。

還琉くんは、ぐるっと一面を見渡して納得した様子を見せた。

「ここはたしか……柚禾が昔住んでた家だよね」

「う、うん」

「そっか……そうだよね。柚禾にとって両親と過ごした唯一の場所だもんね」

還琉くんは、幼い頃わたしが両親と何度か行ったことがある花畑に行っていたみたい。

「僕が柚禾のことを誰よりもわかってるつもりでいたけど……違ったね。本当に柚禾のことを理解していたら、ここに来ていたはずだから」

「………」

「僕の負けだ。柚禾の想いに応えた彼が、柚禾のそばにいるのにふさわしいと思う」

「還琉くん……」

「ただ、僕が柚禾を好きだった気持ちは忘れないでほしい。この想いは本気だったから」

「うん、ありがとう還琉くん」

たとえ離れていても、わたしにとって還琉くんは大切な幼なじみだから。

「僕は柚禾の幸せを心から願ってるよ」

こうして還琉くんはロンドンへ旅立った。

埜夜くんとまさかのお別れ？

冬休みが明けた一月。

おじいちゃんがお屋敷に帰ってきた。わたしの様子を見に来てくれたらしい。

おじいちゃんの書斎《しょさい》にわたしと埜夜くんが呼ばれた。

少しずつだけど、前よりおじいちゃんと話せるようになった気がする。

「柚禾もあと数ヶ月でこの家に来て一年だな。今の生活にも慣れてきたか？」

「うん。でも、まだ慣れないことも多いかな」

「そうか。まあ、少しずつ慣れていくといい。これからも期待してるからな」

話はこれで終わり……かと思いきや。

「柚禾は席を外して、埜夜はここに残りなさい」

え、わたしだけ？　しかもなんで埜夜くんが残るの？

「埜夜にはこれからのことで大事な話がある」

大事な話……？　これは気になる……。

「柚禾。席を外しなさい」

「……は、はい」

わたしだけ書斎を出た。

おじいちゃんと埜夜くんって、そもそもどういう関係なんだろう？

前からずっと気になっていたこと。

盗《ぬす》み聞きとかよくないけど、どうしても気になる。

扉に耳を当てて、中の会話を拾おうとしたけど扉が分厚くてあまり聞こえない。

「……埜夜。覚悟はできたんだな」

「はい。以前から決めていたことですので」

次の瞬間、衝撃的なことが聞こえた。

「では一週間後、お前にはブラジルに行ってもらう」

今、おじいちゃんなんて……？

埜夜くんがブラジルに行くって聞こえた気がするけど。まさかそんなこと……。

「さすがにお前ひとりでは不安だろうから、わたしの秘書も同行させることにした」

「……ありがとうございます」

「柚禾の世話はしばらく屋敷の使用人に任せるといい。お前は向こうでの生活のことを考えて、しっかり勉強してくることだ」

「はい」

「柚禾には伝えるのか？」

「不安にさせたくないので、はっきりしたことは伝えないほうがいいかと」

「そうか。では、わたしも黙っておくことにしよう」

何それ……。なんでわたしには何も教えてくれないの。

それに、ずっとわたしのそばにいてくれるって約束は……？

そしてその日の夜、埜夜くんから告げられた。

「しばらくゆずのそばを離れることになる」

「な、なんで？」

「俺がいない間は、屋敷にいるメイドの人たちがゆずの世話をしてくれるから」

「どうして離れるのか理由を教えて」

「…………」

「言えないってことは、もしかしてわたしのおじいちゃんが絡んでるの？」

おじいちゃんと埜夜くんの間で、いったい何があるの？

それに、なんで理由を話せないの？

埜夜くんは黙り込んだまま。

前より埜夜くんと近づけたと思ったのに……隠し事されてるみたいで悲しくなる。

それに、しばらく離れちゃうのに埜夜くんあっさりしすぎじゃない？

寂しいと思ってるのはわたしだけなの……？

「もういいよ。埜夜くんなんかどっか行っちゃえ……っ！」

思ってもないこと言っちゃった。

強がってるわたしも悪いけど、今回ばかりは理由を教えてくれない埜夜くんだって悪い。

それから数日、ずっと埜夜くんを避けるようになった。

「ゆず──」

「い、今はひとりにして……っ」

学園でもお屋敷でも、埜夜くんを見るとつらくなるの。
もうすぐわたしのそばを離れちゃうなんて信じたくないし、そんなのやだよ……っ。

＊　＊　＊

そしてあっという間に一週間が過ぎた。予定だと今日、埜夜くんは日本を離れる。
結局、しっかり話ができないまま。
出国の準備で忙しいのか、今朝起こしに来てくれたのはメイドさんだった。
それに、授業もお休みしている。
朝のホームルームの今も、頭の中は埜夜くんでいっぱい。
飛行機の時間って何時なんだろう？　たしか夕方だって言ってた気がする。
それから今日の授業は集中できなくて、ずっと上の空状態。
埜夜くんに連絡しようとして、メッセージの文字を打っては消しての繰り返し。
そしてあっという間に放課後になっていた。
何も伝えられないまま、強がって意地張って……ほんとにそれでいいの？

もう二度と会えないかもしれないのに。

だったら、後悔する前に今のわたしの気持ちぜんぶ伝えたい。

急いで埜夜くんに連絡したけど、つながらない。

もう空港に向かっていて、出国の手続きをしてるかもしれない。

どうしよう、誰か飛行機の時間を知ってる人――そうだ、加賀美くんなら。

「加賀美くん……！」

「今日の十七時の飛行機だよ」

「え……っ、あ……」

「ふたりともほんと世話が焼けるね」

「ありがとう！　今から行ってくる！」

「急いだほうがいいよ。もう埜夜は空港にいるだろうから」

教室を飛び出して、すぐに迎えの車で空港へ。

ギリギリ間に合わないかもしれない。でも、最後に埜夜くんと少しでもいいから話したい。

空港になんとか到着したけど、人多いし空港内が広すぎて見つけられない。

「もうっ、国際線のターミナルどこ……!!」

人混みをかき分けて探すけど、全然見つからない。時間がないのに。

「搭乗《とうじょう》手続きしちゃったかな」

どれだけ探しても、埜夜くんはいない。このままお別れなんて嫌だよ。

もう一度、空港内をぐるりと見渡すと。

「え、あっ……いた」

これほぼ奇跡かも。

「埜夜くん……!!」

こんな大きな声を出したの久しぶりすぎる。

人の目とかすごいけど、今はそんなの気にしていられない。

「埜夜くん、待って！」

「なんでゆずがここに？」

勢いのまま埜夜くんの胸に飛び込んだ。

埜夜くんはびっくりして戸惑いながらも、ちゃんとわたしを受け止めてくれた。

「ゆ、ゆずどうした――」

「少しだけ、わたしの話を聞いて……っ」

今のわたしから、埜夜くんがいなくなるなんて想像もできない。

わたしにとって埜夜くんは大切で失いたくない存在。

それをきちんと言葉にしなきゃ。

「埜夜くんさえいてくれたら、何もいらない。そう思えるくらい、わたしは埜夜くんでいっぱいで」

今までずっと、今の関係が壊れるのが怖くて自分の気持ちを伝えずにいた。

でも、そんなのぜんぶ言い訳で、好きなら好きってはっきり言えばよかったんだ。

立場とか関係性とか……ぜんぶ抜きにして、埜夜くんを好きな気持ちは変わらないんだから。

「埜夜くんが好き、だいすきなの……っ、だから――」

まだたくさん言いたいことあったのに。

一瞬、うれしそうに笑う埜夜くんの顔が映って……ふわっと唇が重なった。

え……えっ？　なんでキス……？　頭の中がもうパンク寸前。

「……ほんとゆずってやることぜんぶ可愛い」

「わ、わたし真剣なのに」

「うん、俺めちゃくちゃゆずに愛されてるね」

なんで埜夜くんにこにこ笑顔なの。わたしはこんな必死なのに。

「可愛い……俺だけのゆず」

「んっ……」

またとびきり甘いキスが落ちてきた。

そして――。

「……もう少しだけ待ってて」

離れるのを惜しむように、ゆっくり唇が離れていった。

「埜夜くんは気持ち教えてくれない……の？」

「まだ……ね。帰国したらぜんぶ話すから」

気持ちを隠されたまま。

でも、埜夜くんの表情を見てると暗い気持ちにはならない。

だけど、フライトの時間が刻一刻と迫ってきてる。

「泣いてるゆずも可愛い」

「うぅ、からかわないで……！　ブラジルなんて地球の裏側で、すぐ会える距離じゃないのに……っ」

泣きじゃくるわたしと、いたって冷静な埜夜くん。この差っていったい。

「すぐ帰ってくるから」

「す、すぐってどれくらい？」

これで一年とか言われたら。もしかしたら、それ以上に長い可能性だって——。

「二週間だけ我慢して」

「へ……っ、二週間……？」

あれ、なんか想像してたのと違う。思ったより期間が短くて拍子抜け。

おじいちゃんと話してたとき、すごく深刻そうだったから、すぐに帰ってこられないと思ってた。

「もっと長い期間想像してた？」

「ずっと離れ離れになっちゃうのかと思って……」

「さすがに俺も、ゆずとずっと離れるのは無理だから」

「何しに行くの……？」

「ゆずのおじいさんと約束したこと、きちんと果《は》たしたいんだ」

「約束って？」

「それも帰ってきたらぜんぶ話すから。今は俺のこと信じて待ってて」

最後にギュッと強く抱きしめてくれた。

そして埜夜くんはブラジルへ旅立った。

執事としてじゃなくて

埜夜くんが日本を離れて数日。
ブラジルへ行ってしまってから、全然連絡を取ってない。
ブラジルにいる間は向こうでの生活を優先するために連絡を取るのを禁止されている。
だから毎日、埜夜くんのことが気になってばかり。
最後に空港でふたりで撮った写真を見ては、埜夜くんを思い出したり。
一日が過ぎるのがとても長く感じる毎日。
そんなこんなで、埜夜くんが日本を去って二週間。
「や、やっと今日埜夜くんが帰ってくる！」
ほんとは空港まで迎えに行きたかったけど、おじいちゃんが反対。

遅い時間の飛行機で帰ってくるから、お屋敷で待ってるようにって。

時刻は現在、夜の九時を回った頃。

「まだかなぁ……」

それからずっと起きて待っていたけど、なかなか帰ってこず。

ベッドの上でクッションを抱えてゴロゴロ。早く埜夜くんに会いたいなぁ。

「ふぁ……眠くなってきた」

あくびが止まらなくて、睡魔に勝てそうにない。

うとうとしながら、なんとか頑張って起きてたけど……気づいたらまぶたが重たくなっていた。

いちばんにおかえりって言いたかったなぁ……。

「……ゆ……ず。ゆず」

「……ん」

「柚禾」

ん……？　あれこの声……。

ぼんやりする意識の中、ゆっくり目を開けると。

「ただいま、柚禾」

「うぇ……や、やよくん……っ？」

寝起きで頭うまく回らないし、久しぶりすぎて、いま埜夜くんが目の前にいるって実感がわかない。

「ほ、ほんとにほんとに埜夜くん？」

「そうだよ。ごめん、寝てるところ起こして」

「これ夢とかじゃない……？」

「夢じゃないよ。遅くなってごめん」

思わず埜夜くんの胸の中に飛び込んだ。

離れていた時間を埋めるみたいに、強く抱きしめてくれる。

「ずっと柚禾の顔が見たくて声が聞きたかった」

「わたしも、寂しかったよ」

離れていた期間は、たった二週間。でも、わたしにとってはそれがすごく長く感じて。

今こうして触れ合ってるのに、もっと近づきたいって思っちゃう。

なのに、睡魔はお構いなしに襲ってくる。

まだ話したいことも、聞きたいこともたくさんあるのに。

「眠い？」

「ん……、ねむく……ない」

埜夜くんの腕の中にいると、安心しちゃう。眠気が強くなってきた。

「無理しないで。明日たくさん話そう」

「……もう、どこにも行っちゃダメ……だよ」

「うん。ずっとゆずのそばにいる。だから今日はおやすみ」

「ん……」

おでこにチュッと甘いキスが落ちてきて、その日は眠りについた。

＊　＊　＊

――翌朝。

ハッと目が覚めた。昨日埜夜くんが帰ってきたのに、寝てしまったから。

すぐ起きて、周りを見渡しても埜夜くんの姿はない。

昨日のこと、まさか夢じゃないよね。

慌てて部屋を飛び出して、お屋敷中を探したけど見つからない。

せっかく会えたのに……また離れることになるの？

「柚禾お嬢様、どうされました？」

ひとり不安になってると、メイドさんが心配そうに声をかけてくれた。

埜夜くんのこと何か知ってるかもしれない。

「あの、埜夜くんはどこにいますか？」

「栖雲さんだったら、一時間ほど前にお屋敷を出られましたよ」

「行き先とかって」

「柚禾お嬢様のおじい様の別宅かと。何かお話があるようで」

気になって仕方ない。でも、ここでわたしが行くのは迷惑なのかな。

スマホで埜夜くんに連絡しようとしたら、メッセージが一件届いていた。

【お昼には戻るから。ゆずは屋敷で待ってて】

なんかわたしずっと待ってばかりじゃない？

でも、帰国したら理由を話してくれるって言ってたし。

埜夜くんを信じるって決めたから、勝手な行動は控えるけど。

それから午前中は時計を気にしながら過ごした。

「全然帰ってこない」

ベッドに倒れ込んで、ボーッと天井を見上げる。

気を紛らわそうとしても、全然効果ないし。ギュッと目をつぶった。

いっそのこと、このまま寝ちゃって目が覚めたら埜夜くんがいたらいいのに。

そんなこと考えていたら、意識がだんだん遠くなってきて。

ふわっと眠りに落ちてしまった。

次に目を覚ましたとき、びっくりな光景が飛び込んできた。

うっすら目を開けると、ぼんやり誰かの顔が間近にあって、数回まばたきを繰り返す。

「起きた？」

「…………」

「ゆーず」

「……っ⁉」

声を聞いて、顔がはっきり見えて、眠気がぜんぶ吹き飛んだ。

「やよ、くん？　ほ、本物？」

「ゆず寝ぼけてる？」

「だって、昨日の夜に帰ってきて安心したのに、朝起きたらいないし」

「ゆずに俺の気持ちを伝えたかったから」

「わたしまだ埜夜くんの気持ち、ちゃんと聞いてないよ」

「ゆずのおじいさんに、きちんと認めてもらえたから」

先の言葉が早く聞きたい。でも、何を言われるのか少し不安だったりもする。

埜夜くんの真っすぐな瞳が、しっかりわたしをとらえた瞬間。

「俺はずっと前から柚禾のことが好きだよ」

たしかにちゃんと聞こえた〝好き〟って二文字。

耳に届いたはずなのに、うまく受け止められなくて。

「っ……え、ほ、ほんと？」

「うん。柚禾が俺を想うよりずっと前から」

「うぇ……、うそ……っ」

「そんな信じられないなら証明してあげよっか？」

「ど、どうやって……？」

わたしの頬に軽くキスをして、そのままそっと耳元で甘くささやいた。

「柚禾のこと……本気で愛してるよ」

「っ……!!」

「これでもまだ足りない？」

「う、あ……っ、もう十分」

これで、わたしと埜夜くんは両想いってこと？

好きな人と想いが通じる瞬間って、こんな幸せでドキドキするんだ。

「わ、わたし埜夜くんの彼女？」

「俺の彼女は一生、柚禾だけ」

「うぅ……幸せすぎておかしくなりそう……っ」

そんなわたしを愛《いと》おしそうな瞳で見てくる埜夜くん。

「両想いって実感ない……」

「んじゃ、実感してみる？」

お互い目が合ったまま、軽く唇に触れるキス。

「……どう？　これで実感した？」

ちょっとの間触れたら、チュッとリップ音を残して離れていっちゃった。

「もっと甘いのしたい？」

「う……え、あ……えと」

「俺はしたいけど……ゆずは？」

埜夜くんの親指が、わたしの唇にグッと押し付けられる。

指で軽くなぞったり、ふにふに触れたり。

「俺いまゆずが足りないんだけど」

「んんっ……」

顎《あご》をクイッとあげられて、そのまま唇が塞がれた。

前にしたキスより何倍も甘くて、唇が触れてるだけでドキドキする。

「ゆず……唇ギュッてしないで」

「う……ん」

角度を変えながら、キスがどんどん深くなっていく。

ずっと唇が触れたまま……一度も離れない。

これ、どうやって息したらいいの……っ？

「や、よ……く……んっ」

「……ん？」

「ふぅ……くる、しい……」

「少し口あけて」

「ん……っ」

言われるがまま口をあけたけど、唇は触れたままだから。

あんまり酸素が回らない。頭もふわふわして、これ以上は無理……っ。

「も……う、限界……っ」

埜夜くんの胸をポカポカ叩くと、ゆっくり唇が離れていった。

息が乱れたわたしと、余裕そうな埜夜くん。

「ゆずキス慣れてなさすぎ」

「や、埜夜くんが慣れすぎてるの……！」

「これじゃもっとすごいのできないじゃん」

「っ⁉　今はこれ以上は無理！」

わたしと埜夜くんじゃ、そもそもキャパが全然違うから！

でも、甘いことだいすきな埜夜くんは引いてくれる様子はないようで。

「俺さ、今まで結構抑えてたから」

片方の口角をあげて、危険そうな笑みを浮かべて。

「これからゆずにたっぷり甘いことしたい」

「っ……！」

「俺といっぱい練習して、少しずつ慣れてね」

「わたしは埜夜くんがはじめての彼氏なのに」

「俺だってゆずがはじめての彼女だよ」

「う、嘘だぁ……」

「俺はずっとゆずだけが好きだったのに」

だとしたら、なんでこんな違うの！　わたしが慣れてなさすぎ⁉

「ってか、ゆずにしかこういうことしたいって思わないし」

「ほ、ほんとにほんと？」

「ゆずのぜんぶ……俺だけが独占したい」

甘い、甘すぎるよ埜夜くん。わたしの心臓壊れちゃう。

「ゆずは俺以外の男なんか知らなくていい」

「う……あ、う……っ」

「俺だけに愛されてたらいいんだよ」

うぅ……もう身がもたない！　埜夜くんストレートすぎる。

それに気づいちゃったの。

わたしたぶん……いや、ものすごく埜夜くんが好きでだいすきで仕方ないの。

「わたし埜夜くんのこと好きすぎる気がする……っ」

「あー……なんでそんな可愛いこと言う？」

「ぅ……んんっ」

「俺もゆずが好きすぎておかしくなりそう」

「またキス……するのっ……？」

「ゆずが煽ったんだから。嫌だったら我慢するけど」

「……嫌じゃない……けど」

「んじゃ、もう少しだけ付き合って」

それからずっと、甘くて幸せな時間を過ごした。

＊＊＊

あれから数時間後。

埜夜くんが行きたいところがあるみたいで、一緒に車で向かうことになった。

「どこに行くの？」

「俺の思い出の場所」

一時間ほど車に揺られて、ここから先は少し歩くことに。

自然に囲まれて、緑がとっても豊かな場所。

どことなくだけど、来たことあるような気がする。まだお母さんとお父さんがいた頃……よく遊びに来てた場所かな。

そして、とある建物の前に着いた。

「ここって教会？」

「そう。俺とゆずがはじめて会った場所」

「えっ……？」

わたしと埜夜くんがはじめて会ったのは、わたしが後継者として呼ばれたあの日じゃないの？

「ゆずは覚えてないかもしれないけど……小学校に入る前、ここで俺とゆずは何回か会ってるんだよ」

そんなに前から？　見覚えのある景色《けしき》と建物で、何度かここに来たことを思い出したけど……。

「あっ、もしかして……いつもひとりでいたあの男の子？」

ここの教会は出入りが自由で、その当時わたしと同い年くらいの子が何人か集まっていた。

その中で、みんなの輪《わ》に入らずにひとりで本ばかり読んでる男の子がいた。

「そうだよ。俺はここではじめてゆずと出会ったんだ」

顔はぼんやりしか覚えてないけど、たしかにどことなく今の埜夜くんの面影あるかも。

　でも、どうして今までずっとそれを言わなかったんだろう？

「小さい頃の俺は、家柄のこととかあって周りと馴染めずにひとりでいることが多かったから。性格もちょっとひねくれてたし」

「そ、そうかな」

「人見知りで、ひとりに慣れてるのもあったから。そんな俺をみんなの輪に入れてくれたのはゆずだった」

　埜夜くんは昔を思い出すように、優しい顔で笑っていた。

「ずっとひとりでいた俺を連れ出してくれたのはゆずだった。ゆずからしたら些細《ささい》なことかもしれないけど、そのときの俺にとってゆずの存在はまぶしかった」

　そして、今まで聞いたことなかった埜夜くんの家のことも話してくれた。

「俺の家も、ゆずの家と似た感じで結構名の知れた家柄なんだ」

「え、そうなの？」

「だから、将来は自分の会社を継ぐ予定だった。そのために幼い頃から勉強ばかりして、気づいたらひとりの殻《から》に閉じこもって、周りとうまく馴染めなくなってた」

「じゃあ、どうしてわたしの執事に……？」

家柄も立派で、将来も約束されていたはずなのに。

執事として埜夜くんと出会ったときから思ってたの。どうして、わたしにここまでしてくれるのかって。

「柚禾のそばにいたかったから」

「え……？」

「ゆずはひとりでいた俺を連れ出してくれた。だから、今度は俺がゆずのそばにいたいと思ったんだ」

わたしの両親が亡くなったことを埜夜くんが知ったのは、何年もあとだったらしい。そして、わたしのおばあちゃんが亡くなったことも知り、ひとりになったわたしのために、執事としてそばにいることを決めたそう。

「もちろん、ぜんぶが簡単には進まなかった。実際、ゆずのそばにいるためにすごく時間がかかった。会社を継ぐ気はないって両親を説得して、ゆずのおじいさんにも、家柄をぜんぶ捨ててゆずのそばにいる覚悟があるってことも伝えたし、何度もお願いした」

知らなかった。埜夜くんがそんな前からわたしを想ってくれて、こうしてそばにいてくれてたなんて。

「両親の説得も、ゆずのおじいさんからの許しをもらうのも、ぜんぶがすんなりいかなかった。時間はかかったけど、俺は今こうして柚禾のそばにいる」

「っ……」

「ずっと柚禾だけを想ってた」

わたしのそばにいるためだけに、埜夜くんはいろんな決断をしてくれたんだ。

「この気持ちは一度だって消えたことない。柚禾は俺の初恋だよ」

「わたし、何も知らなくて……っ。埜夜くんばかりに大変な思いさせてる……っ」

「そんなことない。これは俺がぜんぶ自分で決めたことだから」

「で、でも……」

「それに、柚禾のおじいさんと約束したんだ。柚禾の成長を見守りながら、俺自身も今よりもっと柚禾を守れるように成長するって」

「そう……なの……？」

埜夜くんがわたしの執事になる前。

わたしのおじいちゃんから、埜夜くんにある条件が出されたらしい。

「柚禾が後継者として成長して、おじいさんが認めるまで……柚禾へ想いを伝えることは禁止されてた」

それと、埜夜くん自身も成長したとおじいちゃんが認めて、覚悟を決めたとき。

わたしにすべての想いを伝えていいって言われていたみたい。

「柚禾のおじいさんも、柚禾の成長ぶりを認めてた。俺がブラジルに行ったのも、柚禾のおじいさんからの最終テストみたいなものだったし。なんとかクリアして帰国できたからよかったけど」

「そんな約束してたのも知らなかったよ」

だから、おじいちゃんが埜夜くんを気にかけるような様子だったんだ。

「でも、気持ち教えてくれないのに、触れたりキスしてきたのはずるいよ」

わたしだって、好きって気持ちを自覚したけど、今の関係が壊れちゃうかもとかいろいろ悩んでたのに。

「埜夜くんの気持ちわかんないし、いろいろ複雑だったんだよ」

「それはほんとごめん。ゆずが可愛すぎて、うまく抑えきかなかった」

「それなら、おじいちゃんに内緒で好きって言ってくれたらよかったのに」

「それだと約束破ったことになるし」

「埜夜くんって変なところ律儀《りちぎ》……」

「柚禾のそばにいられなくなるの嫌だし」

でも、埜夜くんの一途で真っすぐな気持ちを知ることができたから。

「ずっとわたしを想ってくれてありがとう……だいすき……っ」

こんなに人を好きになったのも、これからもずっとそばにいたいと思うのも……

埜夜くんがはじめて。

「一生俺だけの柚禾でいて」

「うん……っ」

「俺もだいすきだよ……柚禾」

甘いキスが落ちてきた瞬間、幸せで胸がいっぱいになった。

＊ＥＮＤ＊

番外編

守りたい存在～埜夜ｓｉｄｅ～

懐かしい夢を見ていた。幼い頃、俺がはじめてゆずと出会った頃の夢。

『わー、その本すっごい分厚いね！　重たくないの？』

『…………』

『しかも、英語で書いてある⁉　すごーい！』

『…………』

『はっ！　いきなり話しかけてごめんね！　わたし羽澄柚禾っていうの！　お名前は？』

『……栖雲埜夜』

『へぇ～かっこいいお名前だねっ！　これから仲よくしようね』

これが俺とゆずが、はじめて交わした会話。

俺の家は、そこそこ名の知れた家柄だった。将来自分の父親が経営してる会社を継ぐことが決まっていて、それなりの教育も受けてきた。

別に勉強は嫌いじゃないし、将来会社を継ぐことも抵抗はなかった。

黙々と勉強だけして、周りと馴染めずにひとりでいることが多かった。

このほうが楽だったし、誰かと話す時間とか必要ないって思っていたから。

そんなとき柚禾と出会った。

いろんな家の集まりがあって、その当時子どもたちはみんな出入りが自由な教会やその周辺で遊んでることが多かった。

もちろん俺はそのときもひとりでいた。

ほんとはこんな場所来たくもなかったし、周りに馴染めないのも自覚していたから、俺にとってはつまらない時間。

誰も俺に話しかけてこないし、近寄ってこようともしなかったから。

でも、柚禾だけは違った。

いつも俺を見かけると、笑顔で話しかけてくれた。

『あー、埜夜くん！　今日はなんの本読んでるの？』

『……生物の図鑑《ずかん》』

『わぁ、すごい！　いつもたくさん勉強してるんだね！』

『そっちのほうが楽しいし』

『そうなの？　でも、みんなと話すのも楽しいよ？』

柚禾だけだった。俺とこんなふうに接してくれたのは。

周りはみんな、俺から距離を取ってるのをなんとなく察してたし。まあ、それは俺に悪い部分があったからだけど。

それに、周りにいた大人たちも嫌いだった。家柄のこともあって、いろいろ言われることが多かったから。

周りと馴染めないとか、いつも暗くて話しかけにくいだとか、もう少し愛想良くしたらいいのにとか。

勝手に言わせておけばいい……そう思っていたけど。

そのときも、柚禾がはっきり言い返してくれた。

『人のこと悪く言うと、いつかそれが自分に返ってくるよ！　それに、埜夜くんはひとりじゃないよ。わたしが一緒にいるもん！』

その当時のことは、今でもはっきり覚えてる。

俺がどんなに冷たくしても、柚禾はいつも明るかった。

『これあげる！　ゆずが作ったの！』

『……手作りとかいらない』

『えー、ゆずが作ったチョコは、とっても甘くて美味しいんだよ？』

『…………』

『じゃあ、ここに置いておくから食べてね！』

両手いっぱいにラッピングされたチョコを抱えて、みんなの輪に入っていく柚禾をただ見てるだけだった。

実際の俺は、強がっていただけで、ほんとはうらやましかったのかもしれない。

柚禾はそれを見抜いているかのように、ひとりの世界にいた俺を連れ出してくれたんだ。

自然と柚禾だけに心を開くようになって、周りとも少しずつ打ち解けていくことができた。

『埜夜くんが楽しそうで、ゆずもうれしいよ！』

柚禾と一緒の時間を過ごしていくうちに気づいた。柚禾はほんとに心がきれいで、誰にでも優しい子なんだって。

屈託《くったく》のない笑顔、まっすぐな明るさ。すべてが俺にとってまぶしくて輝いていた。

そんな柚禾を俺は好きになった。

この頃は、まさか柚禾と会えなくなるなんて想像もしてなかった。

今でも柚禾と最後に会った日のことを鮮明に覚えてる。いつも元気な柚禾が、泣きそうな顔で笑っていたから。

明るく振るまっていたけど、俺にはわかった。いつもの柚禾と違うって。

あのとき俺が、もっと柚禾に寄り添ってあげられたらよかったのに。

その日を境《さかい》に、柚禾は俺の前から姿を消した。

しばらくして、柚禾の両親が亡くなったことを知った。

さらに数年後、父親の会社の付き合いで柚禾のおじいさんと話す機会があった。

そこで柚禾を引き取ったおばあさんも亡くなり、羽澄家の後継者として正式に柚禾を迎え入れることも聞いた。

そのとき決意したんだ。自分の家柄もぜんぶ捨てて、柚禾のそばにいるって。

今度こそ、柚禾をひとりにしないって決めたから。

栖雲の家を出ることも、最初は両親にものすごく反対された。

家柄もすべて捨てて、柚禾のそばにいる覚悟があるってはっきり伝えた。

それに、柚禾のおじいさんを説得するのにも時間がかかった。

それをぜんぶ乗り越えて……俺はいま柚禾と一緒にいられてる。

だからもう一生、柚禾のそばを離れない。

俺がぜったい幸せにするって決めたから――。

＊　＊　＊

「埜夜くん、もう部屋に戻っちゃうの？」

思い出の場所から帰ってきた日の夜。

俺が自分の部屋に戻ろうとしたら、ゆずが引き止めてきた。

あー……何その寂しそうな顔。

しかも自然と上目遣いになってるのも可愛すぎるって。

「ゆず俺のことだいすきだね」

ちょっとからかっただけ。いつものゆずなら、恥ずかしがると思った。

でも、俺の予想した反応は返ってこず。

「だいすきすぎて困ってる……のに」

いや、まって。可愛い……可愛すぎる……。

むしろ俺がゆずの可愛さにやられた。なにこれ自爆じゃん……。

「埜夜くん……は？」

ギュッと抱きついてきて、ちょっと首を傾げて聞いてくるの心臓に悪い。

ゆずって、どの角度から見ても可愛さ炸裂《さくれつ》してる。

「俺に言わせたいんだ？」

「う……っ」

あー、俺のゆず可愛い。

「ゆずが言わせてみて」

「ど、どうやって？」

「それはゆずが考えるんだよ」

「わたしばっかり……っ」

頬を膨らませて睨んでんのも可愛い。

俺だけが独占したい、もっと可愛いところが見たい。

「好きって言ってくれなきゃ拗《す》ねちゃうよ」

「拗ねたゆずも可愛い」

「今日の埜夜くんイジワルだぁ」

プイッと俺から顔をそらした。これはそろそろ本気で拗ねるかもしれない。

ほんとやることぜんぶ可愛すぎて、俺のほうが困ってんのに。

「ゆず……好きだよ」

「う……あ、むりぃ……」

「なんで？　ゆずが言わせたのに」

真っ赤になって照れてるし。

「埜夜くんに言われると、特別にドキドキする」

「はぁ……俺の心臓どうにかなりそう」

「わ、わたしも……っ」

「その可愛さどうにかして」

とことんゆずの可愛さに翻弄《ほんろう》されてる気がする。

さらに、ゆずはとんでもないところで大胆《だいたん》になる。

「寝る部屋、分けなくていいと思う……の」

「……は？」

「寝るとき離れちゃうの寂しい……」

さっきまで照れてたくせに、この大胆発言。

ってか、ゆずってこんな甘え方ストレートだったっけ？

「いや、さすがに寝る部屋は分けないとダメ」

「なんで？」

ゆずの天然な無自覚さが発揮されてる。

「……襲われたくて言ってんの？」

こんな可愛い誘い方するなら、何されても文句言えないと思うけど。

ゆずって無意識にあざといときあるから。

「あっ、わかった！　わたしの部屋がダメなら、わたしが埜夜くんの部屋で寝るよ！」

いやいや、なんでそうなる？　どう考えたって、俺の理性が保てなくなるだろ。

「そうと決まれば、埜夜くんの部屋に行こ！」

「ちょっ、ゆず――」

あー……俺の話まったく聞いてないし。

まあ、ゆずが寝たあと俺は別室で寝るか。それまで俺がゆずの可愛さに耐えられるかどうかだな。

ゆずは簡単に俺の理性をぶち壊してくるから。

「埜夜くん、こっちこっち！」

ベッドの上でクッションを抱えてる姿……どうしようもないくらい可愛い。

ってか、これ拷問《ごうもん》すぎない？

手出さないようにしたいけど、無意識にゆずが煽ってくるし。

「……ゆずの可愛さに殺されそう」

結局ゆずのおねがいはぜんぶ聞いてあげるから、俺も甘かったりする。

「頼むから早く寝て」

華奢《きゃしゃ》な身体を抱きしめて、そのままベッドに倒した。

「このまま寝るのもったいない気がする」

「なんで？」

「埜夜くんにギュッてしてもらうの好き……だから」

……もうほんと勘弁してほしい。俺を翻弄するの楽しんでる？

無限の可愛さで、どこまでも俺を振り回してくる。

「埜夜くん？」

あー……これほんとまずい。

ゆずの髪からほんのり甘い香りするし、肌やわらかいし。

なんか別のことに意識をそらさないと。

「あ、あのね……今さらだけど、疲れちゃんと取れた？　まだ帰国して数日だから心配で」

「ゆずの顔見たら、そんなのぜんぶ飛んでいった」

ゆずに会えなかったのが、俺にとっていちばんしんどかったし。

だけど、俺にとってもいい経験になった。

「今回ブラジルに行ったのも、ゆずのおじいさんが経営学の勉強のために行かせてくれたんだ。せっかくもらえた機会だったから、しっかり勉強しようと思ってさ」

「そ、そうだったんだ」

「ゆずには寂しい思いさせたけど」

少し強く抱きしめると、ゆずもギュッと返してくれる。

それに、頬をすり寄せてくるのが、たまらなく可愛い。

「もうどこにも行かない……？」

「ゆずだけのそばにいる」

おでこに軽くキスを落とすと、びっくりして目をぱちくりさせてる。

「おでこ……なの？」

俺ばっかり我慢するのも癪《しゃく》だからさ。てか、なにその物足りなさそうな顔。

「今から嫌ってくらい可愛がってあげる」

「へ……っ」

可愛く誘惑してきたゆずも悪い。

俺だって、ゆずを大切にしたくて我慢してんのに。

「俺が満足するまで付き合って」

「ま、満足って……んんっ」

ゆずを組み敷いて、小さな唇に自分の欲をぶつけた。

唇が触れた瞬間、グラッと理性が揺れた音がした気がする。

「や、よ……くんっ……」

そうやって名前呼ぶのも余計煽ってんのに。

それに小さな手で、俺の服をつかんでくる仕草すら可愛い。

その手を握り返すと、肩をピクッと震わせてる。

「ここ……ゆずの部屋と違って壁薄いから」

「っ……！」

「あんま可愛い声出すと誰かに聞かれるかもよ」

「う……やだ……」

「ゆずが誘ったんだから……甘いの覚悟して」

それから、ゆずの限界が来るまでずっと。

「ね……ゆず。まだ俺足りない」

「はぁ……ぅ、ん」

「……まだ離してあげない」

甘いゆずを求め続けた。

埜夜くんは執事であり彼氏でもあり

埜夜くんと付き合い始めてから、早くも一ヶ月ほどが過ぎた。

わたしは朝から埜夜くんの甘さに振り回されてる。

「ぅ……、もうまって……っ」

「ゆずが起きないから」

「だ、だからって……んん」

朝はいつも埜夜くんのキスで目を覚ます毎日。

軽いキスならいいんだけど。

「はぁ……っ、もう限界……」

「俺はまだ足りない」

「なっ、ぅ……んっ」

彼氏になった埜夜くんは、いつでも甘さ全開。

そして一度暴走すると、全然止まってくれない。

「朝からダメって言ってるのに……！」

「ほんとにそう思ってんの？」

「思ってる……よ」

「んじゃ、これ最後ね」

軽く触れるだけのキス。

いつもキスしたあと、ギュッてしてくれるのに。

わたしはベッドから動かずに、じっと埜夜くんを見てる。

「どうした？」

「わかってるのに聞くのずるい」

「なにが？」

クスクス笑ってる埜夜くん。

頬を膨らませて、両手をバッと広げてみた。

「いつもみたいにしてほしいんだ？」

「ほらぁ、わかってる……！」

「ゆず可愛いから」

なんて言って、ちゃんとギュッてしてくれる埜夜くんは、わたしに甘いと思うの。

もちろん、甘いのはふたりっきりのときだけ。

みんなの前では、お嬢様と執事の関係は変わらず。

＊ ＊ ＊

「わぁ、ついに付き合うことになったんだ！　おめでとう!!」

「ありがとう実海ちゃん。いろいろ話聞いてくれたり、相談に乗ってくれてほんとにありがとう！」

「いえいえ〜。柚禾ちゃんと栖雲くんお似合いだ〜！」

「お似合い……なのかな」

「そりゃもちろん！　栖雲くんが柚禾ちゃんしか見てない一途さがよきだよ！」

実海ちゃんに、やっと埜夜くんとのことが報告できた。

「柚禾ちゃん可愛いし。栖雲くんは柚禾ちゃんにメロメロだもんね」

「メロメロ⁉　なんかそれはちょっと違う気がする」

「だって、栖雲くんって普段クールなのに、柚禾ちゃんを見てるときだけ目がハートになってるよ！」

実海ちゃんが見てる埜夜くんっていったい……。

するとちょうど埜夜くんと加賀美くんが戻ってきた。

ふたりとも理事長室に呼ばれていたみたい。

「あっ、加賀美戻ってきた～！　おかえり——わわっ」

「っと、危ないですよ」

転びそうになった実海ちゃんを、加賀美くんが見事にキャッチ。

「また転びそうになっちゃった」

「実海はドジだから心配が絶えない」

「ドジじゃないよ！　しっかりしてるのに～！」

「はいはい。ほんと実海は危なっかしいから放っておけないな」

ふたりも、いつか進展あるのかな……なんて思ったり。

いつも通り午前中の授業がすべて終了。

お昼休みは実海ちゃんとごはんを食べるけど、今日は用事があるみたい。

なので、埜夜くんと屋上で食べることにした。

「冬だけど、お昼は結構あたたかいんだね」

「風邪ひくかもしれないから、あんま長い時間いるの禁止ね」

わたしと埜夜くん以外誰もいない。

ふたりで並んで座れるサイズのベンチに座った。

「ん、これ。寒いから」

「わっ、ブランケットだ！　ありがとう！」

わたしが寒くないようにって用意してくれた。

こういうところ、やっぱり執事として完璧だなぁ。

「……って、埜夜くんなんか近いよ！」

「そう？」

執事であり、彼氏でもある埜夜くんはやっぱり激甘。

お構いなしでグイグイ迫ってくるの。

「ま、まってまって！　ここだと誰か来るかもだし！」

なんか埜夜くん愉しそうなんだけど……！

「そんなこと考える余裕あんの？」

「……へっ」

「こっちきて」

屋上の入り口から死角になる場所。

「ここなら誰にも邪魔されないし」

「うぅ……そういう問題じゃないのに」

壁に手をついて、わたしの身体をぜんぶ覆ってる。

「俺のことだけ考えて」

埜夜くんのこの顔危険だ。片方の口角をあげて笑ってる。

「俺だけ求めて」

「う、だから……っ」

「ゆずの身体にちゃんと教えてあげる」

リボンだって簡単に取っちゃって、ブラウスのボタンまで外そうとしてる。

ふたりっきりとはいえ、誰が来るかわからないのに。

「や、埜夜くんってば……っ」

「……ん？」

埜夜くんはずるいの。わたしを見る瞳も、触れてくる手もぜんぶ甘いから。

「この角度のゆずもたまんないね」

わたしの顎にそっと指を添えて、顔がグッと近くなった。

これキスするのかな。思わずギュッと目をつぶった。

でも、唇の真横とか頬にしかキスは落ちてこない。

あれ……？　も、もしかしてわざと唇外してる？

「やよ、くん……？」

「……なに？」

なんともなさそうに、唇以外のところばかりにキスしてくる。

「う……キスばっかり……」

「ゆずのぜんぶ甘いから」

身体の内側が、ちょっと熱くてもどかしい。

それに、埜夜くんの長い脚が、わたしの太もものあたりに入り込んで、ぜったい逃がしてくれないの。

「ね、ゆず気づいてる？」

「な、なに……を？」

「……甘いの欲しいって顔してんの」

「っ……！　し、してな――ん」

埜夜くんの指が、唇に押し付けられた。

唇を指でふにふにしながら、首筋にもキスしてくるの。

「ほら、ゆず。どうするんだっけ？」

「どうするって」

「可愛くねだってみて」

「む、むり……」

「じゃあ、ずっとこのままでいいんだ？」

余裕そうで悪い顔。

「俺は待つよ……ゆずが欲しがるまで」

「や……う、まって……」

スカートが軽く捲られて、中に手が入ってくる。

太もものあたりを軽く撫でたり触れたり。

「ここ押されるの弱いんだ」

「やぁ……ぅ」

スカートの中でイジワルに動いて、全然止まってくれない。

首筋にもたくさんキスが落ちて、こんなの埜夜くんでいっぱいになる……っ。

「手、抜いて……」

「やめていいんだ？」

首筋のキスも、触れる手も、ぜんぶピタッと止まった。

でも、甘い吐息がかかるくらい……近い。

「物足りなさそうな顔」

熱くてもどかしくて、与えられる甘さにクラクラする。

気づいたら埜夜くんの首筋に腕を回して、ギュッと抱きついてた。

「あーあ……俺のほうが我慢の限界みたい」

「わっ……きゃっ」

「ゆずが満足させて」

「んんっ……」

下からすくいあげるように唇が触れた。

軽く触れるんじゃなくて、ちょっと強引に唇が押し付けられて息ができなくなる。

「ゆずの唇甘すぎ」

「ぅ……ん」

「……もっと欲しくなって溺れそう」

頭クラクラする。苦しいのに甘いから、離れたくない。

ずっと触れていたいのに、うまくついていけない。

「ほら、苦しいときはどうするんだっけ？」

「ふ……っ、ぅ」

唇が触れたまま、ほんの少し口をあけた。

「ん……いい子。そのままもう少しね」

「っ……んん」

冷たい空気が入ってきたのは一瞬。少し強引にこじあけるように、舌が入り込んできた。

このキスダメなのに……っ。頭がもっとふわふわして、何も考えられなくなる。

「……きもちいい？」

「ぅ……はぁ……」

「俺の声ちゃんと聞こえてる？」

「甘くて……わかんない……っ」

ずっと唇を塞がれたまま、ついていくだけで精いっぱい。

「ゆず……キスうまくなったね」

「埜夜くんのせい、だよ」

「んじゃ、もっとすごいのしよ」

「ふぇ……っ」

今も甘すぎて余裕ないのに。

すると、少し離れたところから扉が開いた音がした。

えっ、あれ……？　いま何か音した……よね？

「や、埜夜くん。誰か来たんじゃ……」

心臓がわかりやすくドキリと跳ねてる。これは、ぜったいまずい……！

さすがの埜夜くんも、これで止まってくれるはず──。

「……続きしよ」

「っ……⁉」

「さっきのじゃ満足してない」

「ちょっ、やよく……んん」

うう……またキスされちゃった。甘すぎる埜夜くんの暴走が、ちっとも止まらない。

誰かいるかもしれないから、ぜったいバレちゃいけないのに。

「……内緒のほうが興奮すんね」

「はぁ……ん」

「ゆずの可愛い声聞かれるよ」

「んぅ……」

さっきより愉しそうで、キスもじっくり溶かすみたいにしてくる。

ちょっとずつ甘い刺激をゆっくり与えられるから、また身体の内側が変になってくる。

「自分で声我慢する？」

「う、できない……」

「んじゃ、キスで塞いでほしい？」

コクッとうなずくと、埜夜くんはとっても危険に甘く笑うの。

「ゆずの可愛い声……聞かせるわけないじゃん」

「ひぁ……ぅ」

「だから俺が塞いであげる」

それから埜夜くんが満足するまでずっとずっと、甘いキスは止まらなくて。

「ちゃんと声我慢して」

「だって、埜夜くんが甘くする……から」

「俺だけに聞かせて。ゆずの可愛い声」

こんな甘いの続いたら、心臓どうにかなっちゃいそう。

＊　＊　＊

ここ数日、学年最後のテストに向けて毎日勉強ばかり。

そもそも英華学園は、レベルが高すぎて授業についていくだけでも大変。

入学した頃よりは慣れたけど、やっぱりテスト週間はしっかり勉強しないといけない。

「柚禾ちゃん大丈夫？」

「わたしも実海ちゃんみたいに余裕がほしいよぉ……」

普通科目の他に実技のテストもあるし。

「柚禾ちゃんほんとに頑張ってると思う！　高等部から入学してきたのに、ここまで成績キープできてるのすごいよ！　柚禾ちゃんが努力した証だよ～！」

「うう、実海ちゃん優しい……」

「テスト終わったらいろんなところ遊びに行こう～！」

無事に進級できるように、最後のテストも頑張らないと。

とはいえ、勉強量がいつもより多いから、夜の八時くらいになると眠くなっちゃう。

「ゆず」

「……ん」

「寝るのは夕食とお風呂すませてから」

「ん……眠いよ……」

「とりあえず、食事は簡単なものにしたから」

「う……ん」

埜夜くんに起こしてもらって、なんとかごはんを食べてお風呂に入った。

そして埜夜くんのサポートもあって、なんとかテスト期間が終了。

「やっと終わったぁ」

お屋敷に帰ってきて、真っ先にベッドに飛び込んだ。

制服から着替えなきゃだけど、今はとにかく寝たい……。

眠くてうとうと……。睡魔には勝てそうにない。

「ふぁ……ちょっとだけ寝よう」

まぶたが重くなって、そのまま眠りに落ちた。

なんかすごく心地がいいなぁ。テスト終わってホッとしたからかな。

このまま明日の朝まで寝ちゃいそう。

「……ゆ……ず」

「……ん」

埜夜くんの声がする。でも、まだ寝たい。

「ゆず、いったん起きて」

「ん……んん？」

ボヤッとする意識の中で、ゆっくりまぶたを開けた。

なんだろう……いつもと違う。ふわふわして、ボーッとしてる。

「寝るのは着替えてから」

なんか埜夜くんの周りも、白くてボヤボヤしてる。

「ゆず？」

あぁ、これ夢なんだぁ……。だからずっとふわふわしてるんだ。

夢の中ならいっそ、埜夜くんに甘えてもいいのかなぁ。

「やーよくーんっ」

「ちょっ、どうした？」

やっぱり夢の中だから身体すごく軽い。埜夜くんの胸の中にダイブ。

「えへへっ、やよくーん」

「ゆず寝ぼけてる？」

「ううん、寝ぼけてないよ～」

「……いや、これぜったい寝ぼけてる」

「うぇ？　夢の中なのに～？」

なんか埜夜くん呆れてる？　でも、普段こんな甘えられないし。

気分もふわふわふわして楽しいの。

「ってか、近いし無防備すぎ」

「いつも埜夜くんのほうが近いのに？」

「ここがベッドの上ってわかってんの？」

あれ、埜夜くんちょっと焦ってる？　いつもは余裕たっぷりなのに。

「埜夜くん？」

「だからさ、それ狙ってやってんの？」

首をちょこっと横に傾げると、埜夜くんはもっと深いため息をつくの。

「そんな可愛い誘惑どこで覚えた？」

「ゆう、わく……？」

「はぁ……だったら俺も容赦しない」

ドサッと身体がベッドに倒れて、埜夜くんが真上に覆いかぶさってきた。

「理性なんかあてにならないけど」

「……んっ」

「ゆずがちゃんと満たして」

やわらかい感触が唇に触れた瞬間、ぶわっと熱が広がっていく。

あれ、あれれ。夢の中にしては、キスの感触がはっきりしてるような。

これじゃ、ほんとにキスしてるみたい。

ずっと唇を塞がれたままで、ちょっと息が苦しい。

ボーッとしてた意識が、だんだんはっきりしてきた。

「うぇ……っ、あれ……やよ、くん？」

「……喋るとキスしにくいんだけど」

「え、あっ……なんでキス……？」

「ゆずのほうから誘ったくせに」

「あれ……これ、夢じゃ……」

「……なんのこと？　ってか、ゆずが煽ったんだからまだやめないよ」

ま、まってまって。これ夢じゃなかった……⁉

それに埜夜くんの瞳がいつもより熱っぽくて、強引に迫ってきてる気がする。

「ほら、ゆず。唇ちょうだい」

「ん……ぅ」

下からすくいあげて、押し付けるようなキス。

お互いの吐息が絡んで、どんどん身体の熱があがっていく。

「……俺がこんなので満足すると思う？」

「ひぁ……ぅ」

唇をペロッと舌で舐められて、そのまま口の中に熱が入り込んでくる。

ピリピリ甘い刺激。

大人なキスに慣れてなくて、すぐ苦しくなっちゃう。

「ゆずもして」

「……っ、ふ……」

「してくれないなら……もっと激しくする」

「キス、甘くてむり……っ」

「んじゃ、やめる？　ゆずの身体が満足してるなら」

「な、ぅ……」

キスも触れてくる手もぜんぶ止まった。

身体の内側がうずいたまま、熱がまったく引いていかない。

「甘くて欲しそうな顔してんのに」

「……っ、埜夜くんの触れ方ずるい……」

「俺もうゆずの彼氏になったんだから」

「っ……！」

「キスも、それ以上のことも……抑える気ないから覚悟して」

埜夜くんの危険な甘さから逃れるすべなし。

お嬢様ドキドキ大作戦？

まだまだ寒さが続く二月の上旬。

朝のホームルーム開始前、理事長さんがクラスの中に飛び込んできた。

「はーい、皆さん注目〜!!」

笑顔で拍手してる理事長さん。今度はいったい何をするんだろう？

相変わらず突然とんでもないことするイメージだから。

「なんと皆さんに朗報《ろうほう》〜！　日ごろから執事がお嬢様に満足してもらえてるかを測る装置が開発されたわよ！」

お嬢様ひとりひとりに、透明のボックスが配られた。

ん？　これなんだろう？

開けてみると、透明なハートのチャームがついたチョーカーが入っていた。

「いま配ったチョーカーはお嬢様がつけてね～！」

首につけるとカチッと音がした。

これどうやったら外れる仕組みなんだろう？

「このチョーカーは、お嬢様の満足度を測るものだと思ってね。執事のみんなは、お嬢様がよろこぶことを考えてちょうだいね」

チョーカーについてるハートのチャームが、真っ赤になったら外れるらしい。

「ちなみに、お嬢様の気分がハッピーになれば、ハートのチャームの色が変わってくるから～！　執事のみんなは、お嬢様のハートのチャームを真っ赤にできるように頑張ってちょうだいねっ！」

これはつまり、埜夜くんがわたしをハッピーにしてくれるってこと？

「お嬢様が楽しくて幸せって思うことをするのも執事の役目だものね。それじゃあ、お嬢様ハッピータイムスタート♡」

ハートが真っ赤になる仕組みは、首に触れてるチョーカーの部分が脈を測る装置になってるみたい。

それでお嬢様がドキドキしたりすると、それに反応してハートが赤くなる……らしい。今のところ透明だけど。

「へぇ～、面白そう！　ねっ、加賀美？」

「実海お嬢様、変なことを企《たくら》んではいけませんよ」

「クレープ食べたいなぁとか、パンケーキいっぱい食べたいとか考えてないよ～？」

「ダダ漏れの煩《ぼん》悩《のう》は抑えてください」

「加賀美はなんでそんな厳しいのぉ！」

「本日はこのあと予定がございます」

「じゃあ、また別の日でもいいからぁ！」

「気が向いたらですね」

ふたりは相変わらず仲がいいなぁ。

加賀美くんなら、実海ちゃんのよろこぶことすんなりできそう。

「あっ、そういえば、もうひとつあったの忘れてたわ！　今からお嬢様全員にクジを引いてもらいまーす！　その中にひとつだけ特別な当たりが入ってるから」

理事長さんが持ってるタブレットの画面に何枚かカードが並んでいて、それをお嬢様がタップして引いていく。

「はーい、次は羽澄さんね！」

今まで引いた子みんなはずれみたいだし、わたしもたぶん当たらない――。

「ん？　お、大当たり？」

タブレットにでかでかそう表示されてる。え、これ当たったの⁉

「大当たりの羽澄さんには、一泊二日の温泉旅行プレゼント〜！　しかもペアで行けちゃうのよ！」

「柚禾ちゃん引きが強い‼」

「実海ちゃんのほうが引き強そうなのに」

「栖雲くんと温泉デートできちゃうじゃん‼　ひゃ〜いいなぁ！」

そういえば、埜夜くんとデートしたことないかも。一緒にいるのが当たり前すぎて。

＊　＊　＊

――というわけで。

ちょうど連休だったので、それを利用して埜夜くんと泊まりで温泉へ。

「わぁ、温泉街だ！」

こういうところ来たの久しぶりだなぁ。有名な観光地だから人がすごい。

「ゆず、あんまはしゃぐと危ない」

「大丈夫だよ！」

「とりあえず旅館に荷物置きに行くから」

「うんっ、そのあと一緒に街散策だね」

埜夜くんと今日泊まる旅館へ。

古くからある旅館だけど、外装も内装もとってもきれい。

「部屋も広いね！」

中をぐるりと探索。

畳の和室で、ふすまで仕切られてる。

あんまり見かけない掘《ほ》りごたつもあるし、ふたりで泊まるには広すぎるくらい。

部屋に露天風呂もあって、最上階には大浴場もある。

ゆっくり落ち着ける空間だなぁ。

「こんなに広いところに泊まれるなんて贅沢《ぜいたく》だね！」

「ゆずとこうして泊まんのはじめてだしね」

ルンルン気分のわたしと、なぜか愉しそうに危険に笑ってる埜夜くん。

「わわっ、急にどうしたの？」

急に手を引かれて、気づいたら埜夜くんの腕の中。

「ゆずわかってる？　今日俺たち同じ部屋に泊まんの」

「うん、わかってるよ？」

すると、埜夜くんがクスッと笑った。

「んじゃ、俺の好きにしていいんだ？」

抱きしめる力をゆるめて、顔を近づけてくる。

「ちょっ、今はダメだよ……！」

迫ってくるのをブロックしたら、ちょっと不満そうにされた。

「んじゃ、いつならいい？」

「い、いつならって……」

「夜は俺の好きにしていい？」

「う、え……と」

「……たっぷり甘やかすの覚悟して」

とっても危険に笑ってる埜夜くんからは、今夜逃げられない……かも。

＊　＊　＊

荷物を旅館にあずけて、温泉街を散策することに。

「こ、こんなに食べ物の誘惑があるなんて！」

温泉まんじゅう、温泉たまご、お団子……とにかく美味しそうなものがいっぱい。

旅館で夕食もあるから、ほどほどにしなきゃなんだけど。

こんなにお店があったら目移りしちゃう。

「ゆず寒くない？」

「うんっ、大丈夫！」

街並みを見ながら、食べ歩きをすることに。

わたしが真っ先にゲットしたのはもちろん。

「温泉まんじゅう！　できたて美味しい～！」

いろんなお店が温泉まんじゅうを売ってるから、何個も買っちゃいそう。

パクパク食べてると、埜夜くんが何やらスマホをこっちに向けてる。

「埜夜くんも食べないと冷めちゃうよ？」

「……ん、食べる」

スマホで何か調べてたのかな。

それから他にもいろんなものを買ったり、お土産《みやげ》売り場を見たり。

似顔絵を描いてくれるお店もあるんだ。

描いてもらった似顔絵を、キーホルダーにしてもらえるみたい。

見てるだけでも楽しいなぁ。

街を散策したあと、人気のカフェを埜夜くんが予約してくれたので、そこへ行くことに。ここはリンゴのミニパフェが有名なんだとか。

甘くて濃厚なバニラアイスの上に、薄い焼きリンゴがのってる小さなパフェがやってきた。お好みでシナモンをかけてもいいみたい。

「埜夜くん？」

「なに？」

真正面に座ってる埜夜くんが、またしてもこっちにスマホを向けてる。

それに、パシャパシャ音がするの。

「さっきからたくさん写真撮ってる？」

街を散策してたときも、今もカメラの音ばかり聞こえる。

「思い出として撮ってる」

「なるほど」

「ゆずの写真も可愛いからぜんぶ保存してる」

スマホのカメラロールを見せてくれた。

いや、ちょっとまって。これほとんどわたしじゃない⁉

同じ角度で何枚も撮ってるし、どれだけスクロールしてもわたしの写真ばかり。

「これ撮りすぎじゃない⁉」

「ゆずがどの瞬間も可愛いから」

「う、や……可愛いって思ってもらえるのはうれしい……けど！　こんなに何枚もいる？」

「いる。あとで見返す」

埜夜くんって、写真とか興味なさそうなのに。

だいぶ前、スマホのカメラロールを見せてもらったとき、写真ほとんどなかったから。

「じゃ、じゃあわたしも！」

わたしからおねがいしたこと。

それは――。

「わわっ、埜夜くんとふたりの写真って久しぶりだね！」

埜夜くんとツーショット写真を撮ること。

「はっ、そうだ！　埜夜くんの写真も撮りたい！」

「俺の写真なんかいらないでしょ」

「わたしのはたくさん撮ってるのに」

「ゆずのは俺が欲しいから」

「わたしも埜夜くんの写真欲しい」

何枚か撮ってみて思った。

埜夜くんって、どの瞬間を切り取ってもかっこいい。

しかもこれをぜんぶ独占できちゃうのは、彼女の特権だったり。

埜夜くんが何枚も写真撮りたくなる気持ちがわかるかも。

それから街をまた散策して旅館に戻ると、あたたかいお茶が出てきた。

「わぁ、すごい。お茶の中に花が浮いてる！」

中に花のつぼみが入ってて、時間が経つと花が開くお茶なんだって。

お茶を飲んでゆっくりしてから、部屋に夕食が運ばれてきた。

旬の野菜が使われた天ぷら、お刺身《さしみ》……ほかにも焼き物とか小鍋《こなべ》だったり、美味しい料理を堪能《たんのう》できた。

あとはお風呂に入って寝るだけ……なんだけど。

「ゆずはお風呂どうする？　部屋の露天風呂か、大浴場どっちがいい？」

「え、あっ……えと」

どうしよう。部屋の露天風呂だと、部屋からお風呂が見えるし……。

そうなると、やっぱり大浴場のほうが――。

「ここで一緒に入る？」

や、埜夜くん今なんて……!?

振り返ったら、埜夜くんが真後ろで危険に笑ってた。

「たっぷりゆずを可愛がれる」

「な、ぅ……や」

冗談なのか、はたまた本気なのか。

どちらにしても、一緒にお風呂なんてハードル高すぎる……。

「……どうする？」

誘うように耳元でささやいて。

埜夜くんの指が、わたしのセーターの襟元《えりもと》を引っ張ってる。

「む、むりぃ……」

へなへなっと足元から崩れちゃった。

やっぱり恥ずかしくて耐えられない……っ！

「ふっ……ゆず顔真っ赤。恥ずかしいんだ？」

「なんで埜夜くん余裕なの……」

「そんなふうに見える？」

「み、見える……」

埜夜くんが余裕ないところあんまり見たことない。

「ゆずに触れたいの我慢してんだから」

手を取られて、そのまま埜夜くんの胸のあたりにもっていかれた。

埜夜くんの心臓の音、ちょっとだけ速い気がする。

「でも、ゆずが嫌がることは無理やりしたくない」

埜夜くんって、甘くてちょっと危険なことが好きだけど、ちゃんとわたしのペースに合わせてくれるの。

わたしに無理をさせないように、ちゃんと抑えてくれるから。

わたしを想ってくれるところも、やっぱり好きだなって思う。

＊＊＊

あれからふたりで大浴場へ。人があまりいなくて、ほぼ貸し切り状態だった。

「また朝に入りに来ようかな」

身体ポカポカで大満足。髪を後ろでひとつにまとめて、備え付けの浴衣《ゆかた》を着た。

桜《さくら》が描かれたピンクの浴衣で、えんじ色の帯。

こういうのも温泉らしくていいな。

埜夜くんもう出たかな？

大浴場から出ると、埜夜くんが近くにあったソファに座っていた。

「あ、埜夜くん！　お待たせ――」

って、え……⁉　ちょっと待って！

埜夜くんを見た瞬間、心臓が飛び出るかと思った。

「どうした？」

「うぇ……え……っと」

浴衣姿かっこよすぎる……！

なんか色っぽいっていうか、いつもと違うように見えてドキドキする。

「ゆず？」

「う、あ……埜夜くん近い……っ」

「そう？　ってか、ゆず顔赤くない？」

「っ⁉　わわっ、あんまり近づかないで！」

「長湯してのぼせた？」

「ぅ……ち、ちがう！　埜夜くんのせい……！」

「俺のせいなの？」

「だ、だってぇ……浴衣似合いすぎて」

「みんな同じの着てるじゃん」

うわぁ、自分のかっこよさ自覚してないのかな。

「埜夜くんだけ、特別にかっこいいのに……」

「それ言うならゆずだってさ……」

「ひゃ……」

「浴衣姿めちゃくちゃ可愛いんだけど」

埜夜くんの指先が、ゆっくり首筋を撫でてきて、そのまま軽くキスが落ちてきた。

「……こういうのそそられるって言うの？」

「ぅ……ま、まって埜夜くん」

「このまま首噛みたくなんね」

「っ……!?」

「真っ白でやわらかくてさ……」

お風呂から出たばかりで、身体が熱くてクラッとするのか。

それとも、埜夜くんに迫られてドキドキしてるせいなのか。

「……早くゆずのこと独占したい」

今日の夜は、やっぱり……とっても甘くて危険な予感。

＊＊＊

ふたりで部屋に戻ってきた。

身体の熱は相変わらずあまり引いてなくて、なんだか変な感じ。

落ち着かなくて、とりあえず部屋の奥へ。

そのとき、ふと部屋の違和感に気づいた。

あれ、ここのふすま閉まってたっけ？　お風呂に行く前は開いてた気がする。

何も考えずにふすまを開けて、びっくりして思考が停止。

真っ暗な部屋に、薄暗い間接照明……それにど真ん中に敷かれたお布団。

えっと、これは……。

「ゆず」

「……ひゃっ！」

ひとりで固まっていたら、埜夜くんが真後ろに立っていた。

わたしと同じように、部屋をじっと見てる。

「こ、これって……えっと……」

同じ部屋に泊まるってわかってたのに。いざ、そういう雰囲気を目《ま》の当たりにすると、心臓が爆発しそうなくらいドクドク鳴ってる。

「もう寝る？」

埜夜くんの声と一緒に、部屋のふすまが閉められた。

今日ひと晩、ここで埜夜くんと過ごすんだ。

うぅ、なんかドキドキしすぎて眠れない気がする。

それに、畳の上に敷かれたお布団……ピタッとくっついてる。

こ、これ近くない？　とりあえず、わたしの布団だけでもこっちに……。

「……なんで離してんの？」

「うや……近いかな……と思って」

後ろから埜夜くんがギュッってしてきた。

びっくりした反動で、身体がピシッと固まっちゃう。

「浴衣少し乱れてんね」

いつも抱きしめられる感覚と違う。

火照《ほて》ってる身体とか、ふんわり漂《ただよ》う石けんの香りとか。

ぜんぶにドキドキしちゃうの……なんで？

「……ゆず色っぽい」

「へ……っ？」

「めちゃくちゃにしたくなる」

「っ……!?」

「さっきからゆずの可愛さにクラクラしてんの」

首をちょこっと後ろに向けると、そのまま唇が重なった。

身体がくるっと回って、もっとキスが深くなる。

「ん……っ、やよく……」

「ゆずが満足するまで……たくさんしよ」

熱っぽくて危険な瞳をした埜夜くんからの刺激は、甘くて身体がもっと熱くなる。

ひとつにまとめてた髪が、埜夜くんの手によってほどかれた。

「ゆず甘い匂いする」

「ぅ……」

「こんなので触れないとか無理……抑えきかない」

唇にまんべんなくキスして、触れてるところぜんぶが熱を持ってる。

息の仕方もわかんなくて、埜夜くんの浴衣をキュッとつかんだ。

でも、キスはもっと深くなって。

「もっと……ちゃんと口あけて」

「ふ……っ、あ」

「ん……そう。そのままね」

ゆっくり舌が入ってきて、このまま熱に溶けちゃいそう。

息が苦しくてクラクラなのに、キスがそれよりもっと甘い。

「ほら……ゆずの身体も満足してんじゃない？」

チョーカーについてるハートのチャームが、さっきより鮮明なピンクになってる。

うぅ、こんなあからさまにバレるのやだ……っ。

埜夜くんにドキドキしてるのわかっちゃう。

「キスするともっと赤くなってんね」

「やっ、見ないで……」

「素直で可愛いじゃん」

「んんっ……」

甘い甘い埜夜くんのキス。

触れてる唇の熱が、全身にぶわっと広がってる。

意識がボーッとして、この甘さが続いたら溺れそうになる。

さっきからずっとキスばっかりで、これ以上されたら身がもたない。

それに、身体にある熱を少しでも逃がしたくて。

「う、やよ、くん……まって」

「……ん、いいよ。まとっか」

「ふ……え？」

「ゆずの言う通りにしてあげる」

キスも触れる手もぜんぶ止まった……けど。

顔は近くて、いつでもキスできそうなくらいの距離。

「俺はちゃんと待ってるけど」

さっきまで甘いキスされて、散々身体の熱もあがって。

熱が逃げるどころか、徐々に溜《た》まってもどかしくなる。

「欲しそうな顔してんね」

「っ、熱い……の」

「欲しいなら可愛くねだってみたら」

「っ、ぅ……」

「ゆずがおねだりするまで、俺は何もしないよ」

ただ熱い瞳で見つめてくるだけ。

お互いの息がかかって、それすらにもクラッとしてくる。

「そんな可愛い顔して……煽ってんの？」

唇じゃなくて首筋にキスが落ちてきた。

軽く吸われてチクッと痛い。

「ぅ……あんまり目立つところはダメ……なのに」

どうやら、この言葉が埜夜くんの危険さを加速させてしまったようで。

「俺だけのゆず……可愛い」

「そこは触れちゃ……」

「だって、ゆずがキスダメって言うから」

浴衣の中に埜夜くんの手が入ってきて、太もものあたりを撫でてくる。

ただ触れるだけじゃなくて、ちょっとだけ爪を立てて。

「ここにも痕残していい？」

「っ……！　うや、む……むり……」

本気になった埜夜くんは、全然手加減してくれない。

甘いことどんどんして、攻めてくるの。

「夜は好きにしていいって言った」

「ほ、ほんとに甘すぎて心臓もたない……の」

これだけでもう、いっぱいいっぱいなのに。

埜夜くんは足りなさそうに、もっとしたいって求めてくる。

「俺が満足するまで寝かせてあげない」

「へ……」

ま、まってまって。わたしの話ちゃんと聞いてた……!?

「ゆずは俺にされるがままになってたらいいよ」

「ちょっ、やよく……」

「甘いことだけたくさんしたい」

「んんっ……」

それからずっと、ずっと埜夜くんからの甘い攻撃は止まらず。

わたしの限界が来るまで、求めてキスばっかり。

おまけに。

「ゆずが満足したから、これ真っ赤になってる」

「や、埜夜くんがたくさんキスするから……!」

透明だったハートのチャームが、真っ赤になってる。

カチッと音がして、わたしの首から外れた。

「途中ゆずからも求めてきたのに」

「うぅ、もうそれ以上喋らないで……‼」

やっぱり埜夜くんは甘いことが好きすぎる。

惚れ薬にはご注意を

とある日、お屋敷でとんでもないものを発見してしまった。

「ん？　この箱なんだろう？」

少し古い書庫で調べ物をしてたんだけど、本棚の奥のほうから木箱が出てきた。

片手で持てるくらいのサイズ感。中が気になって、興味本位で開けてみた。

「香水かな？」

透明の小瓶《こびん》が入ってた。蓋《ふた》を開けてみたけど、あんまり匂いはしないかも。

ん？　瓶の裏に何か書いてある？

【※好きな相手を惚れさせる効果あり】

「ま、まさか……惚れ薬⁉」

えっ、これって本物？

瓶の裏に書いてある説明以外、とくに何も書かれていない。

こういうのほんとにあるんだ。なんだかすごく興味がわいちゃう。

「わたしが飲むのまずいかな」

そもそも、こういうのって惚れさせたい相手に飲んでもらうもの？

そうなると埜夜くんに……って、はっ！

そもそもわたしは埜夜くんの彼女なわけだから、惚れ薬の力を借りる必要ない！

でも、どういう効果が出るのか気になる。

小瓶に顔を近づけて、ちょっとだけ匂いとかたしかめて――。

「こんなとこで何してんの？」

「っ……！　わっ‼」

急に埜夜くんに声をかけられてびっくり。

その拍子に惚れ薬がこぼれちゃって、唇についちゃった。

あわわっ、どうしよう……‼　別にやましいことしてたわけじゃないけど！

とっさに小瓶を隠して、唇についたのをペロッと舐めた。シロップみたいな甘さ。

「探し物でもしてた？」

「う、うん！　今度の授業で使えそうな資料を探してて！」

惚れ薬の小瓶を木箱にしまって、それをそのままワンピースのポケットへ。

「俺に言ってくれたら探したのに」

「他のことで忙しいかなと思って」

ちょうど来客があって、その対応をしてたから。

「部屋にいないから心配した」

「あっ、ごめんね！」

こうして埜夜くんと部屋に戻ることに。

あの惚れ薬ってほんとに効果あるのかな。

さっきちょっとだけ舐めちゃったけど、少量だったし大丈夫かな。

それから夕食をすませて、部屋でまったり過ごした。

「埜夜くんこれ見て！」

「どうした？」

「ここの水族館でラッコがいま人気なんだって！　可愛い〜！」

なんと人気すぎて、写真集とかいろんなグッズまで予約販売されてる。

「んじゃ、今度一緒に行く？」

「うんっ。埜夜くんとまたデートできるのうれしいな」

「…………」

「楽しみだね！」

「はぁ……可愛い」

「ラッコ可愛いよね！」

「いや、ゆずが可愛い」

不意打ちに唇にキスされた。

「う、あ……いきなりキス……っ」

「まだ恥ずかしいんだ？」

「だ、だって……」

「数えられないくらいしてんのに？」

「なっ、う……そういうの言わなくていいの……！」

近くにあったクッションで顔を隠した。

キスは何回しても慣れないの。心臓に悪くて、いつもドキドキしちゃう。

「ゆずさ……これくらいで恥ずかしがってたら、この先どうすんの？」

片方の口角をあげて、ニッと笑ってる埜夜くん。

おまけに、わたしのワンピースのリボンもほどいちゃってる。

「俺はゆずのぜんぶ欲しくてたまんないのに」

「うぇ……っ、ぜんぶ……？」

「早く俺のものにしたいって、ずっと思ってるし」

「っ……！」

「ゆずの気持ちが追いつくまで待つけど」

危険な一面もあれば、紳士的な一面もある埜夜くん。

「もっと慣れるように、たくさんキスしとく？」

「なっ、それ埜夜くんがしたいだけじゃ」

「ゆずが可愛いからしたいんだよ」

「う……ん」

ま、またキスされたぁ……。埜夜くんって、もしかしてキス魔なんじゃ？

このままだと、甘いペースに流されちゃう。

「お、お風呂入ってくる……！」

クッションを埜夜くんに押し付けて、お風呂に逃げ込んだ。

でもまさか、このキスがきっかけで埜夜くんが大変なことになるなんて。

＊　＊　＊

わたしがお風呂から出て事件は起きた。

「や、埜夜くんどうしたの⁉」

壁に手をついて苦しそうにしてる。

慌てて駆け寄ると、頬がほんのり赤くなってる。

もしかして風邪とか⁉　さっきまで元気そうだったのに。

「埜夜くん身体熱いよ⁉　大丈夫⁉」

「……っ、むり……」

「あわわっ、どうしよう！　とりあえず、ベッドで横になって――」

「ほんと無理……今ゆずのそばにいたら死ぬ……」

え、埜夜くん今なんて？

「……近づくのほんと無理」

「な、なんで⁉」

体調悪いのわたしが原因なの？

いやいや、そんなことあるわけ――。

「……ゆずにだけクラクラすんの」

ほんとに苦しそうで、身体にもうまく力が入ってない。

「心配だし放っておけないよ」

こんな埜夜くん見たことない。

意識もぼんやりしてるし、このまま倒れちゃいそう。

とりあえず、わたしのベッドに寝かせてお屋敷の人を誰か呼んでこないと。

「わわっ……きゃっ！」

埜夜くんをベッドに寝かせようとしたら、自分までベッドに倒れるという……。

すぐに身体を起こそうとしたんだけど。

「……ゆず」

「え、あ……やよ、くん……？」

両手をベッドに押さえつけられて、埜夜くんが覆いかぶさってきた。

熱っぽいせいか、色っぽくて艶っぽい。

顔をゆっくり近づけてきて、指でわたしの唇を強く押してくる。

「ん……ぅ」

ちょっと触れられてるだけなのに、変な声出ちゃう。

とっさに顔を横に向けて、声を我慢しようとしたのに。

「……ゆずの甘い声もっと聞きたい」

「ぅ……ふっ」

もっとって求めて、甘く触れて。

このままだと埜夜くん止まらない……かも。

唇が重なる寸前で、埜夜くんがハッとした顔を見せた。

「っ、はぁ……あぶな」

「やよ、くん……？」

「……いま理性ないようなもんだから離れたほうがいい」

「で、でも……」

「一度でもゆずの甘さに溺れたら……たぶん止まんない」

近くで触れる吐息が熱くて身体も火照ってるし、すごく苦しそう。

お風呂入る前までは、なんともなかったのに。

「ゆずが欲しすぎて抑えきかない」

まさか、わたし限定のアレルギーとか？

わたしに近づくと発症《はっしょう》しちゃうみたいな。

そ、それは困る！　これじゃ一生埜夜くんに近づけなくなるの⁉

「うぅ……どうしよう」

特に変わったこともなかった——あっ。

ふと、頭の中に浮かんだ小瓶の存在。もしかして、あの惚れ薬のせい⁉

でも飲んだ……いや、ちょっと舐めたのはわたしで。

わたしには何も変化は起きてないし。

まさかじつは惚れ薬じゃなくて、何か別の効果が出るものだったとか⁉

はっ、そういえば……小瓶と一緒に紙が入ってた気がする。

「埜夜くん、ちょっと待ってて！」

慌てて木箱を開けると、小瓶の下に小さな四つ折りの紙を発見。

紙には注意書きのようなものが。

「この薬は飲んだ本人に効果が出るわけではありません……？」

え、どういうこと？

さらに。

「惚れ薬を飲んだあなたと、キスした相手に効果が現れます……？」

あ、え……？　そういえば、お風呂入る前に埜夜くんとキスした。

もしかして……この惚れ薬の効果が、埜夜くんに出ちゃったってこと⁉

ええ……そんなことある？

てっきりわたしに何もないから、惚れ薬とか迷信かと思ったのに。

「や、埜夜くん大変……」

「……ん、どうした……？」

「ほ、惚れ薬が埜夜くんで、効果抜群で、木箱の説明書があって、これ迷信じゃなくて……！」

「……ちょっとゆずの言ってること理解できない」

「だ、だから、わたしが惚れ薬を飲んじゃって。それが埜夜くんに効いちゃってるかも」

効果いつまで続くんだろう？　なんとかして、抑える方法ないのかな。

「あー……だからゆずに触れたくなるんだ」

「うっ、ごめんね。わたしのせいで……」

「……まあ、効果切れるのも時間の問題だろうし」

元をたどれば、わたしのせいなわけだし。

「や、埜夜くんがしたいこと、する」

「……そういうこと軽く言っちゃダメだって」

「でも、我慢してるのつらそう……」

「……俺の欲だけでゆずのこと壊したくないんだよ」

ちゃんと言葉にしてくれる埜夜くんは、どこまでも優しい。

わたしをすごく大事にしてくれてるのが伝わるの。

「でも、俺からのおねがい聞いてよ」

「な、なに？」

「ゆずからキスして」

あれ、あれれ。さっきまでの紳士的な埜夜くんはどこへ⁉

「いっかいだけ」

「え、あ……えぇ」

手を引かれて、埜夜くんが横になってるベッドへ。

相変わらず熱っぽい埜夜くんが、じっと見つめてくる。

「キスするのやだ？」

「嫌じゃない……けど、やり方わかんない……」

「唇あわせたらいいだけ。ゆずがして……とびきり甘いの」

ふわふわ甘い誘い方に、わたしまでクラクラしてくるの。

「う……えと、目つぶって」

「……ゆずの可愛い顔見たい」

見られたままキスするの恥ずかしいのに。

後頭部に埜夜くんの手が回って、キスから逃げるのを許してくれない。

「ね……ゆず早く」

「うぅ、ちょっとまって……」

埜夜くんいつもどうやってしてるっけ？

真正面からしたら、ぶつかりそう。首ちょっと傾《かたむ》ける？

いつもされる側だから全然わかんない。もう、うまくできなくてもいいや。

ちょっと唇を尖《とが》らせて、うまく重なるようにチュッて触れた。

ちゃんと唇にあたってる……けど。

「……この先どうすんだっけ？」

う……あ、どうしよう。唇が触れたまま、ピシッと固まってると。

「これじゃ俺満足しない」

「ひぁ……っ」

誘うように唇を軽く舌で舐めてきた。でも、それより先はしてくれないの。

「……ゆず、引いちゃダメだよ」

「ん……っ、でも……ぅ」

「いつも俺がしてるみたいにして」

唇が触れてるだけで精いっぱいなのに、埜夜くんはもっと求めてくるから。

「ゆずの熱……もっとちょうだい」

「ん……ふぁ」

口の中で熱が暴れて、深くて甘いキスされると頭がボーッとしてくる。

「あーあ……ほんと可愛いね」

「っ……もう、ん」

気づいたら埜夜くんにされるがまま。

触れてるだけのキスじゃ物足りないって、熱がどんどん広がっていく。

「……もっとしよ」

それからずっと、甘いキスの繰り返し。

気づいたら意識が飛んで、埜夜くんの腕の中で翌朝を迎えていた。

そのときには、埜夜くんはいつも通りに戻ってた。薬の効果が切れたみたい。

後日、木箱に入ったもう一枚の紙を発見。

そこに惚れ薬の効果を抑える内容が書かれていた。

【惚れ薬を飲んだ本人が、惚れ薬の効果を発揮した相手にキスしたら治まる】だそう。

わたしから埜夜くんにキスしたから、効果が治まったのかな。

それにしてもあんなに効果が出るなんて。

この惚れ薬は、かなり取り扱い注意かも。

サプライズと甘い夜

「ちょっと早いけど、柚禾ちゃんお誕生日おめでとう～！」

「実海ちゃんありがとう！」

あと少しで三月に入る頃。もうすぐわたしの誕生日がやって来る。

今日は土曜日で、実海ちゃんのお屋敷に招待してもらった。

「お誕生日当日もおめでとうって言うからね！」

「ふふっ、ありがとう」

「そういえば、柚禾ちゃんがうちに来るの何気にはじめてだよね！」

「朝からお邪魔しちゃって迷惑じゃなかったかな」

「そんなことないよ～！　栖雲くんは時間になったら迎えに来る感じ？」

「うん。いちおう夜の七時までには一度連絡ほしいって」

「うわっ、門限付き⁉　しかも結構厳しくない⁉」

「ど、どうだろう。埜夜くん過保護なところあるから」

「でもわかる、わかるよ！　柚禾ちゃん可愛いから心配になる気持ち！　栖雲くんは柚禾ちゃんにぞっこんだもんね。誕生日当日は栖雲くんと過ごすの？」

「それが、おじいちゃんがお祝いしてくれるみたいで」

「ほへぇ、そうなんだ！」

ちょっと前、おじいちゃんがいる別宅に呼ばれた。

わたしの十六歳の誕生日を、一緒にお祝いしたいと言ってくれた。

最近は、おじいちゃんの時間があるとき一緒に食事もするようになったし。

少しずつだけど、おじいちゃんとの距離も前よりは縮《ちぢ》まったのかな。

「はっ、そうだ！　このままプレゼント渡してもいい⁉」

部屋から出て行って、しばらくして戻ってきた実海ちゃんを見てびっくり。

「うっ、前が見えない‼」

「実海ちゃん大丈夫⁉」

「だ、だいじょ――わわっ‼」

たくさんの箱を積み上げて、一気に運んでる。ぜったいこれ前見えてない‼

「ふぅ！　危なかったぁ！」

なんとか箱ぜんぶがソファの上に。

そ、それにしてもこのたくさんの箱はなんだろう？　大きさも形も色も様々。

「これぜんぶ柚禾ちゃんにプレゼント！　誕生日のお祝い～！」

「えっ⁉」

まさかのわたしに⁉

「えーっと、これがねバスフレグランス！　箱にお花いっぱい入ってて可愛いと思って！　お風呂に浮かべるだけでいいんだって！」

「あ、ありがとう！」

「これはね、この前パリに行ったときに雑貨屋さんで見つけたマカロンの形したミラー！」

「可愛いね、ありがとう！」

「あとね、この紅茶美味しくて香りがすごくいいから、柚禾ちゃんにも飲んでほしいなぁって！」

「うっ、えっと、こんなにもらっていいのかな」

「もちろん！　ぜんぶね、柚禾ちゃんに似合うだろうなぁ、使ってほしいなぁと思ってプレゼントしてるから！」

実海ちゃんいい子すぎる。

お祝いもしてくれて、プレゼントもわたしのことを考えて選んでくれて。

とってもうれしい気持ちになるなぁ。

「あとね、最後はこれ！」

真っ白の大きな箱に、同じ色をしたシルクのリボン。

「開けてもいいかな」

「うんっ！　気に入ってくれたらうれしいな！」

真っ白の部屋着と、もふもふのカーディガン。

「わぁ、可愛い!!」

「柚禾ちゃんに似合うと思って～！」

「ほんとにありがとう！　実海ちゃんのお誕生日ぜったいお祝いさせてね！」

「よろこんでもらえてよかった～！　あ、そうだ！　このまま夕食もうちで食べていかない？　柚禾ちゃんの好きなもの食べよ！」

こうして夕食もご馳走《ちそう》になって、楽しい時間はあっという間。

そして時刻は夜の七時。

「栖雲くんピッタリの時間に迎えに来た……」

「柚禾お嬢様が心配なので」

さっき連絡したら、すぐ迎えに来てくれた埜夜くん。

「別にいいんだよ、柚禾ちゃんこのままうちに泊まってても！」

「では柚禾お嬢様はこれで失礼しますね。本日はありがとうございま――」

「わたしから柚禾ちゃんを取らないで！」

わたしにべったり抱きついてる実海ちゃん可愛いなぁ。

「栖雲くんはいつも柚禾ちゃんと一緒じゃん！　わたしもお泊まりしたい！」

「片時も離したくないんです」

「でもでも!!　加賀美助けて～！」

実海ちゃんが加賀美くんを盾《たて》に、埜夜くんに対抗してる。

すると、埜夜くんが加賀美くんをじっと見ながら。

「早く俺のゆず返してくれない？」

「ははっ、埜夜って結構心狭いね」

「爽斗がどうにかして。ゆずに引っ付いてるそこのお嬢様」

「まあ、そう言うなよ。実海も柚禾ちゃんのことが好きなんだからさ」

「ゆずを好きなのは俺だけでいいんだけど」

「嫉妬深いんだな。これは柚禾ちゃんが大変だ。ほら実海、そろそろ引き下がらないと埜夜が本気でキレそうだから」

「栖雲くんは柚禾ちゃんのこと好きすぎ〜‼」

「愛しても愛し足りないくらいだけど」

っ⁉　うわぁぁぁ、埜夜くんなんてことを……！

実海ちゃんは、キャー！ってはしゃいで、加賀美くんはやれやれって呆れてる。

＊　＊　＊

あれからお屋敷に帰ってきて、今お風呂から出てきたところ。

「ゆずおいで。髪乾かさないと風邪ひく」

「自分でやるよ？」

「俺がやってあげたいだけ」

ソファに座ると、埜夜くんがドライヤーとブラシを使って乾かしてくれる。

「ゆずさ、誕生日行きたいところある？」

「埜夜くんと一緒ならどこでも楽しいかな」

「欲しいものは？」

「うーん、とくにないかな。埜夜くんがそばにいてくれるだけで幸せだし」

「…………」

あれ、ドライヤーの音で聞こえなかったかな？

「埜夜くん？」

「はぁ……俺の彼女よくできすぎてる」

「え？」

後ろからギュッてされて、おまけに頬にキスまで。

「ゆずが可愛すぎて苦しい……」

今日も今日とて、埜夜くんは甘さ全開。

＊　＊　＊

そして迎えた誕生日当日。

「こんな高そうなホテルでディナーって……」

「ゆずの誕生日だからでしょ」

しかも、おじいちゃんってば、この日のためにレストランを貸し切りにしてくれたそう。

「なんか緊張する」

埜夜くんが選んでくれたドレスを着て、慣れないヒールで足元フラフラ。

「もっとリラックスしていいと思うけど。ゆずのおじいさんも今日お祝いできるのよろこんでるだろうし」

「そ、そうかな」

「ゆずの誕生日にあわせて時間取ったくらいだし」

今日のディナーは、わたしとおじいちゃんだけ。

埜夜くんは送り迎えをしてくれる。

おじいちゃんとふたりで話すのは、まだ少しだけ緊張するかも。

埜夜くんと別れて、ホテルの中にある高級フレンチのお店へ。店員さんに案内してもらうと、おじいちゃんがすでに個室にいた。

「柚禾、久しぶりだな」

「え、えっと久しぶり」

このぎこちなさどうにかしたい。

それに、やっぱり雰囲気に慣れてなさすぎて落ち着かない。

おじいちゃんと会って話すときは、いつも話題は学園でのことが中心。

運ばれてきたコース料理を食べ進めてると、真正面に座ってるおじいちゃんとばっちり目が合った。

「ひとつひとつの所作《しょさ》も美しくこなせるようになったな」

「……へ？」

「感心してるんだぞ。ここ一年、柚禾は本当に立派に成長したなと」

一年前のわたしは、いきなり一般家庭から名のある家の後継者だって告げられて。お嬢様としての生活がスタートしてからも、慣れないことばかりだった。

一年を通して少しずつだけど成長できてるのをおじいちゃんに認めてもらえたのは、また一歩成長できた証なのかな。

「最近埜夜とはどうだ？　うまくやってるか？」

「う、うん」

「……そうか。昔のことを振り返ると、埜夜も大したものだ」

おじいちゃんは懐かしそうな表情をしてる。

「埜夜が自分の家柄もすべて捨てて、柚禾のそばにいると決心したのはどうしてだかわかるか？」

「わたしが、羽澄家を継ぐことが決まってた……から？」

「それもある。だが、埜夜の家柄なら婚約者として柚禾を迎えることもできたはずだ。それをしなかったのは、埜夜なりに考えがあったからなんだ」

昔の出来事を振り返るように、おじいちゃんはゆっくり話し始めた。

「もし柚禾が埜夜と婚約者として出会っていたら、柚禾は家柄のために仕方なく埜夜と一緒にいるのを選ぶかもしれない。埜夜はそれが嫌だったみたいでな。それに埜夜は、はっきりわたしに言ったんだ。柚禾にふさわしい人間になれるように、柚禾と一緒に成長していきたいと」

「………」

「埜夜の揺るがない決心に、わたしも心打たれたんだ。すべてを捨ててまで柚禾を守りたい、柚禾のそばにいたい想いが伝わってきた。だから、柚禾の執事としてそばにいることを許したんだ」

きっと、この話は埜夜くんとおじいちゃんしか知らないこと。

埜夜くんは、いつだってわたしを大切に想ってくれていた。

今までだって、それは十分すぎるくらい伝わってる。

「わたしも埜夜くんのことがすごく大切だから。これからもずっと一緒にいたいと思ってるよ」

無性に埜夜くんに会いたくなる。

今こうしてあらためて、おじいちゃんに埜夜くんのことを聞いたからかな。

食事をしながら話してると、時間はあっという間。

最後におじいちゃんに今日のお礼を伝えて、ホテルのロビーで埜夜くんを待つことに。

しばらくして、埜夜くんがやってきた。

「ゆず。待たせてごめん――」

すぐさまギュッて抱きついた。

埜夜くんは、とっさのことにびっくりしてたけど、ちゃんと受け止めてくれた。

「いきなりどうした？」

「ううんっ、何もないよ。ただ埜夜くんに早く会いたかっただけ」

「ストレートじゃん」

「そうかな」

「ゆずが素直なの珍しいね」

「いつも素直だよ。あと今は執事服じゃないんだね」

少し暗めのブラウンのスーツに、深めの赤色のネクタイ。

髪もセットしてるのかな。それにふんわり香水の匂いもする。

「今日は俺にとっても特別な日だし」

このまま迎えの車を待って、お屋敷に帰るかと思いきや。

埜夜くんがフロントへ。少ししてから、カードキーを持って戻ってきた。

「今日ここのホテルの最上階の部屋取っておいたから」

「えっ⁉」

「残りの時間は俺に独占させて」

まさか、今日ここに泊まることになるなんて。

埜夜くんに手を引かれて、エレベーターでホテルの最上階へ。

うれしさとドキドキと、いろんな気持ちが混ざって、なんだかふわふわしてる。

「ゆずが先に部屋に入って」

「でも、部屋の中真っ暗だよ？」

「俺がそばにいるから大丈夫」

ちょっとずつ部屋の奥に足を進めると、いきなり部屋の明かりがパッとついた。

「うぇ……っ、なにこれ……」

部屋全体が可愛く飾《かざ》り付けられてる。それにベッドを見て、もっとびっくり。

「こ、これ……ぜんぶ埜夜くんが？」

ピンクと白のハートのバルーンで埋め尽くされてる。

それに、真っ赤なバラの花束まで用意してくれて。

「あらためて、お誕生日おめでとう柚禾」

「っ……、ありがとう。すごくすごくうれしい」

好きな人にこうしてお祝いしてもらえて、胸がいっぱい。

「わたし、埜夜くんに幸せもらってばっかり……っ」

「俺だって、柚禾にたくさん幸せもらってる」

うれしいのにぽろぽろ涙がこぼれて、埜夜くんが優しく指で拭ってくれる。

「埜夜くん……わたしと出会ってくれて、わたしを好きになってくれて、ほんとにありがとう」

埜夜くんがそばにいない未来なんて考えられないくらい、今のわたしにとって埜夜くんは、とっても大切な存在。

ずっとずっとだいすきな気持ちは変わらないって思えるの。

「うぅ……埜夜くんだいすき……」

ギュッてしようとしたら、埜夜くんがすくいあげるように顔を覗いてきた。

「う……あっ、あんまり見つめるのダメ……」

「なんで？」

「今日の埜夜くん、かっこよすぎる……の」

スーツ姿の埜夜くんは、とってもかっこよくて、大人っぽくてドキドキする。

「……ゆずそれ無自覚？」

「っ……？」

「可愛すぎるだけなのに」

甘い、甘いよ埜夜くん。

とびきり甘すぎて、わたしのほうがおかしくなっちゃいそう。

……なのに、埜夜くんはもっと甘く攻めてくるの。

「ね、ゆず……名前呼んで」

「……？　やよ、くん……？」

「そうじゃなくてさ」

「んっ……」

埜夜くんの指が唇に触れてる。

「……埜夜って呼んで」

「うぇ……っ？」

「……呼んでくれるまでずっとキスする」

そんな無茶な甘いこと言って。恥ずかしさでいっぱいなのに。

甘く誘われると、流されちゃう……かも。

「や、埜夜……っ？」

「………」

あれ、あれれ……。なんか違ったかな。

埜夜くん無反応……？

「呼ばせたの俺だけどさ……」

「……？」

「……いったん離れないと俺の理性がもたない」

なんて言って、顔を隠して離れていっちゃう。

わたしはまだ離れたくない。とっさに埜夜くんにギュッてしてた。

「っ……、そうやって煽るのダメだって」

「だって離れたくない……」

おでこをコツンと合わせて、唇が触れる寸前でピタッと止まった。

至近距離で視線がぶつかって、お互いの吐息がかかって。

「今ゆずに触れたら、キスだけじゃ止まんない」

熱い瞳をしてるのに、わたしに触れるのを我慢してるのがわかる。

きっと、わたしのためにどこかでブレーキをかけてくれてるんだ。

でも……。

「いいよ……埜夜くんにぜんぶあげる……っ」

埜夜くんに触れられるの嫌じゃないから。

じっと数秒見つめると、ゆっくり唇が重なった。

触れてるだけじゃなくて、唇をまんべんなく覆うようなキス。

クラクラ溺れて、少しずつ甘くなって深くなっていく。

「はぁ……っ、ぅ」

ゆっくり、じっくり溶かして。身体の内側が甘くうずいてる。

「やよ……く、ん……」

「……ん？」

「キス、甘くてもたない……っ」

「……今からもっとするのに？」

「ふぇ……もっと、するの……？」

こんなにたくさん甘いキスしてるのに。

「もっと慣らさないとゆずの身体がつらいから」

また唇にキスが落ちて、どんどん深くなって。

キスに夢中で気づいてなかった。

「ひぇ……、ま……って」

埜夜くんの指が、ドレスのファスナーに触れていた。

「……やめる？　今ならまだ抑えられるけど」

首をフルフル横に振ると、埜夜くんは優しく笑ってまたキスしてくれる。

「う……えと、でも電気消したい……」

「ゆずの可愛い顔見れなくなる」

「み、見なくていい……よ」

「ゆずがどうしても嫌なら消すけど」

埜夜くんは、ほんとにずるい。甘い顔してわたしを見てくるから。

「は、恥ずかしい……のに」

「それすら可愛いいんだけど」

「うぅ……あんまり見ちゃダメ、だよ」

「ゆずのぜんぶ愛したくてたまんない」

「ん……っ」

「柚禾のこと……もっと深く愛したい」

キスも触れてくる手も、ぜんぶ優しくて。

恥ずかしさとか、気にしていられる余裕もどんどんなくなってくる。

「ゆず……可愛い。もっと声聞かせて」

「や……ぅ……」

甘ったるい変な声しか出ない……っ。

今まで感じたことない熱と波がグッと強くなって。

「もっと俺にぜんぶあずけて」

「……っ、ふぅ……」

頭クラクラするし、身体もずっと熱くてもどかしいまま。

刺激が急に強くなったり弱くなったり。

緩急《かんきゅう》の付け方が絶妙で、身体中に甘く響いてくる。

「……少しゆっくりしよっか」

熱くて苦しくて不安で。

それを感じ取ると、埜夜くんは何度も何度も優しくキスをしてくれる。

「愛してる……俺だけの柚禾」

甘い体温に包まれたまま、上がりきった熱がぶわっと分散した瞬間——意識を手離した。

＊　＊　＊

翌朝……。

ぼんやり意識が戻ってきて、重たいまぶたをゆっくりあけた。

「おはよ」

あれ。なんで埜夜くんが隣で寝てるんだっけ？

それに、ここわたしの部屋じゃない……？

「身体平気？　しんどかったりしない？」

ギュッてされて、なんかいつもと違うことに気づいた。

あっ、そうだ。昨日の夜、わたしの誕生日をお祝いするために、ホテルの部屋を取ってくれたんだ。

そこに泊まることになって、それから――。

「っ……‼」

「今度は急にどうした？」

思い出したら恥ずかしくなって、慌てて埜夜くんのほうに背中を向けた。

「ちゃんと思い出した？　あんな甘い夜だった――」

「わぁぁ、それ以上喋らないで……！」

慌ててくるりと後ろに振り返って、埜夜くんの口元を自分の手で覆った瞬間、視界に飛び込んできたもの。

「うぇ……⁉　なに、これ？」

左手の薬指にキラッと輝くシルバーリング。

一瞬なんのことか理解できなくて、目をぱちくり。わたしまだ寝ぼけてる？

それとも――。

「俺の気持ちは一生変わらないって証」

埜夜くんの指にも、同じデザインのシルバーリングが。

「俺にとって、柚禾がいない未来なんて考えられない。だから予約させて」

「っ……」

うれしくてまた涙が止まらなくなる。

「これからもずっと、柚禾の隣にいるのは俺がいい」

「埜夜くん以外ありえないよ……っ」

「いつか、ちゃんとしたやつプレゼントするから」

いろんな気持ちがぶわっとあふれて、埜夜くんの胸に飛び込んだ。

「柚禾を幸せにするって誓《ちか》うから……ずっと俺のそばにいてほしい」

気づいたら視界が涙でいっぱい。

昨日から幸せをもらってばかりで、胸がいっぱい。

「い、今世界でいちばん……わたしが幸せな瞬間だ……っ」

こんなに好きって思えるのは、きっとこれから先も埜夜くんだけ。

わたしと出会ってくれたことも、ずっと想い続けてくれたことも、今こうしてそばにいてくれることも――。

いろんな奇跡が重なって、埜夜くんとこうして出会えた。埜夜くんがいなかったら、わたしはすべてのことから逃げ出していたかもしれない。

この先、どんな困難があっても埜夜くんとなら乗り越えていける気がするから。

「柚禾だけを愛してる」

「わたしも、埜夜くんだけ愛してるよ……っ」

一生かけて、この幸せな恋を大切にしたい。

＊番外編ＥＮＤ＊

あとがき

いつも応援ありがとうございます、みゅーな**です。

この度は、数ある書籍の中から『冷酷執事の甘くて危険な溺愛事情』をお手に取ってくださり、ありがとうございます。

皆さまの応援のおかげで二十二冊目の出版をさせていただくことができました。本当にありがとうございます……！

今回はお嬢様×執事の設定でした。

書いたことのないジャンルの世界観で、書き切れるかどうか不安でしたが、なんとかひとつの作品として完成することができました。

最近は今まで書いていた作品とは違うジャンルのものに挑戦させていただく機会が増えました。たくさんの方の支えがあり、ここまで続けることができています。

リニューアル後もこうして書籍化の機会をいただけて、本当にうれしく思います！

最後になりましたが、この作品に携わってくださった皆さま、本当にありがとうございました。

今回イラストを引き受けてくださったイラストレーターのｍｉｎ．様。カバーのふたりをイメージ通りに描いていただきありがとうございました！　とても可愛くてずっと眺めているくらいです！　柚禾も埜夜も本当に素敵です……。

そして、わたしを応援してくださっている読者の皆さま。

いつもわたしの作品を読んでくださり、ありがとうございます……！

現状に満足せず、今年はたくさん書くことを目標に、視野を広げながらいろんなジャンルに挑戦していきたいと思っております！

引き続き応援よろしくお願いします。

すべての皆さまに愛と感謝を込めて。

二〇二四年一月二十五日　みゅーな＊＊

みゅーな**

中部地方在住。4月生まれのおひつじ座。ひとりの時間をこよなく愛すマイペースな自由人。好きなことはとことん頑張る、興味のないことはとことん頑張らないタイプ。無気力男子と甘い溺愛の話が大好き。『吸血鬼くんと、キスより甘い溺愛契約』『ご主人様は、専属メイドとの甘い時間をご所望です。』シリーズ全3巻発売中。近刊は『猫をかぶった完璧イケメンくんが、裏で危険に溺愛してくる。』など。

min.(みん)

新潟県出身。趣味は卓球とスノーボード。2022年よりイラストレーターとして活動を始める。念願の、小説に関わるお仕事は今作が初。XやInstagramで活動中。

みゅーな先生へのファンレター宛先**

〒104-0031
東京都中央区京橋1-3-1 八重洲口大栄ビル7F
スターツ出版(株) 書籍編集部気付
みゅーな**先生

冷酷執事の甘くて危険な溺愛事情
【沼すぎる危険な男子シリーズ】

2024年1月25日　初版第1刷発行

著者　みゅーな**　©Myuuna 2024
発行人　菊地修一
イラスト　min.
デザイン　カバー　齋藤知恵子
フォーマット　栗村佳苗(ナルティス)
DTP　久保田祐子
発行所　スターツ出版株式会社
〒104-0031
東京都中央区京橋1-3-1 八重洲口大栄ビル7F
出版マーケティンググループ　[TEL]03-6202-0386
（ご注文等に関するお問い合わせ）
https://starts-pub.jp/
印刷所　株式会社光邦

Printed in Japan
ISBN 978-4-8137-1532-0 C0193

もっと、刺激的な恋を。

野いちご文庫人気の既刊！

『捨てられ少女は極悪総長に溺愛される【沼すぎる危険な男子シリーズ】』

みゅーな**・著

高2のあやるはある日、学園の権力者集団“BLACK KINGDOM”が指名する“夜の相手役”に選ばれてしまう。誰もが羨む役割を、あやるは拒否。しかし、総長の千広に熱情を孕んだ眼差しに捉えられて…!? 誰もが恐れる絶対的支配者の危険な溺愛が止まらない！

ISBN978-4-8137-1523-8 定価：本体715円（本体650円＋税10%）

『私たち、あと半年で離婚します！』

ユニモン・著

御曹司の同級生・清春と政略結婚することになった高3の陽菜。ずっと清春のことが好きだったのに、彼の態度は冷たく結婚生活はすれ違い。さらに、義母から離婚してほしいと頼まれ…。彼に離婚を告げるとなぜか態度が急変！ 半年後に離婚するはずなのに、溢れ出した愛が止まらなくて…。

ISBN978-4-8137-1522-1 定価：本体715円（本体650円＋税10%）

書店店頭にご希望の本がない場合は、書店にてご注文いただけます。

もっと、刺激的な恋を。

野いちご文庫人気の既刊！

『魔王子さま、ご執心！①』

＊あいら＊・著

家族の中で孤立しながら辛い日々を送っていた、心優しく美しい少女の鈴蘭。なぜか特別な能力をもつ魔族のための学園「聖リシェス学園」に入学することになって…。さまざまな能力をもつ、個性あふれる極上のイケメンたちも登場⁉　注目作家＊あいら＊の新シリーズがいよいよスタート！

ISBN978-4-8137-1254-1　定価：本体649円（本体590円＋税10%）

『魔王子さま、ご執心！②』

＊あいら＊・著

魔族のための「聖リシェス学園」に通う、心優しい美少女・鈴蘭は、双子の妹と母に虐げられる日々を送っていたが、次期魔王候補の夜明と出会い、婚約することに⁉　さらに甘々な同居生活がスタートして…⁉　極上イケメンたちも続々登場‼　大人気作家＊あいら＊新シリーズ、注目の第２巻！

ISBN978-4-8137-1281-7　定価：671円（本体610円＋税10%）

『魔王子さま、ご執心！③』

＊あいら＊・著

魔族のための「聖リシェス学園」に通う、心優しい美少女・鈴蘭が、実は女神の生まれ変わりだったことが判明し、魔族界は大騒動。鈴蘭の身にも危険が及ぶが、次期魔王候補の夜明との愛はさらに深まり…。ふたりを取り巻く恋も動き出し⁉　大人気作家＊あいら＊新シリーズ、大波乱の第３巻！

ISBN978-4-8137-1310-4　定価：671円（本体610円＋税10%）

『魔王子さま、ご執心！④』

＊あいら＊・著

実は女神の生まれ変わりだった、心優しい美少女・鈴蘭。婚約者の次期魔王候補の夜明は、あらゆる危機から全力で鈴蘭を守り愛し抜くと誓ったが…。元婚約者のルイスによって鈴蘭が妖術にかけられてしまい…⁉　大人気作家＊あいら＊の新シリーズ、寵愛ラブストーリーがついに完結！

ISBN978-4-8137-1338-8　定価：671円（本体610円＋税10%）

書店店頭にご希望の本がない場合は、書店にてご注文いただけます。

もっと、刺激的な恋を。

野いちご文庫人気の既刊！

『魔王子さま、ご執心！　2nd season①』

＊あいら＊・著

心優しき少女・鈴蘭は苦労の日々を送っていたが、ある日、運命的な出会いをする。その相手は、学園内の誰もが憧れひれ伏す次期魔王候補・黒闇神夜明。気高き魔王子さまに溺愛される鈴蘭の人生は大きく変わり、ふたりは婚約することに…。溺愛シンデレラストーリー続編がいよいよスタート！

ISBN978-4-8137-1446-0　定価：682円（本体620円＋税10%）

『魔王子さま、ご執心！　2nd season②』

＊あいら＊・著

誰もが憧れひれ伏す次期魔王候補・夜明の寵愛を受ける鈴蘭は、実は千年に一度の女神の生まれ変わりだった。鈴蘭をめぐって夜行性と昼行性の全面対決が勃発するけれど、夜明は全力で鈴蘭を守り抜く！　最強魔族たちからの溺愛も加速し、緊急事態が発生!?　溺愛シンデレラストーリー続編、第２巻！

ISBN978-4-8137-1469-9　定価：660円（本体600円＋税10%）

『魔王子さま、ご執心！　2nd season③』

＊あいら＊・著

夜明の婚約者としてパーティに参加した鈴蘭。ドレス姿を見た夜明は「世界一かわいい」と言って溺愛全開！　しかしパーティ中に鈴蘭を狙う黒幕が現れ、全力で犯人を潰そうとする夜明。自分の存在が夜明を苦しめていると悟った鈴蘭は、彼に「距離を置きたい」と告げ…？　大人気シリーズ堂々完結!!

ISBN978-4-8137-1493-4　定価：660円（本体600円＋税10%）

『極上男子は、地味子を奪いたい。①』

＊あいら＊・著

トップアイドルとして活躍していた一ノ瀬花恋。電撃引退後、普通の高校生活を送るために、正体を隠して転入した学園は、彼女のファンで溢れていて……！　超王道×超溺愛×超逆ハー！　御曹司だらけの学園で始まった秘密のドキドキ溺愛生活。大人気作家＊あいら＊の新シリーズ第１巻！

ISBN978-4-8137-1078-3　定価：649円（本体590円＋税10%）

書店店頭にご希望の本がない場合は、書店にてご注文いただけます。

もっと、刺激的な恋を。

野いちご文庫人気の既刊！

『極上男子は、地味子を奪いたい。②』

＊あいら＊・著

元トップアイドルの一ノ瀬花恋が正体を隠して編入した学園は、彼女のファンで溢れていて…！　最強の暴走族LOSTの総長や最強幹部、生徒会役員やイケメンのクラスメート…御曹司だらけの学園で繰り広げられる、秘密のドキドキ溺愛生活。大人気作家＊あいら＊の新シリーズ第２巻！

ISBN978-4-8137-1108-7　定価：649円（本体590円＋税10%）

『極上男子は、地味子を奪いたい。③』

＊あいら＊・著

元トップアイドルの一ノ瀬花恋が正体を隠して編入した学園は、彼女のファンで溢れていて…！　最強の暴走族LOSTの総長や最強幹部、生徒会役員やイケメンのクラスメート…花恋をめぐる恋のバトルが本格的に動き出す!?　大人気作家＊あいら＊による胸キュンシーン満載の新シリーズ第３巻！

ISBN978-4-8137-1136-0　定価：649円（本体590円＋税10%）

『極上男子は、地味子を奪いたい。④』

＊あいら＊・著

元トップアイドルの一ノ瀬花恋が正体を隠して編入した学園は彼女のファンで溢れていて…！　暴走族LOSTの総長の告白から始まり、イケメン極上男子たちによる花恋の争奪戦が加速する。ドキドキ事件も発生!?　大人気作家＊あいら＊の胸キュンシーン満載の新シリーズ第４巻！

ISBN978-4-8137-1165-0　定価：649円（本体590円＋税10%）

『極上男子は、地味子を奪いたい。⑤』

＊あいら＊・著

正体を隠しながら、憧れの学園生活を満喫している元伝説のアイドル、一ノ瀬花恋。花恋の魅力に触れた最強男子たちが次々と溺愛バトルに参戦!!　そんな中、花恋は本当の自分の気持ちに気づき…。楽しみにしていた文化祭では事件発生！大人気作家＊あいら＊による胸キュン新シリーズ第５巻！

ISBN978-4-8137-1192-6　定価：649円（本体590円＋税10%）

書店店頭にご希望の本がない場合は、書店にてご注文いただけます。

もっと、刺激的な恋を。

♥野いちご文庫人気の既刊！♥

『極上男子は、地味子を奪いたい。⑥』

＊あいら＊・著

正体を隠しながら、憧れの学園生活を満喫している元伝説のアイドル、一ノ瀬花恋。極上男子の溺愛が加速する中、ついに花恋の正体が世間にバレてしまい、記者会見を開くことに。突如、会場に現れた天聖が花恋との婚約を堂々宣言!? 大人気作家＊あいら＊による胸キュンシリーズ、ついに完結！

ISBN978-4-8137-1222-0　定価：649円（本体590円＋税10%）

『女嫌いのモテ男子は、私だけに溺愛中毒な隠れオオカミでした。～新装版　クールな彼とルームシェア♡～』

＊あいら＊・著

天然で男子が苦手なつぼみは、母親の再婚相手の家で暮らすことに。なんと再婚相手の息子は学園きっての王子・舜だった!!　クールだけど優しくて過保護な舜。つぼみは舜と距離を縮めていくけど、人気者のコウタ先輩からも迫られて…？　ひとつ屋根の下で、胸キュン必須の甘々ラブ♡

ISBN978-4-8137-1420-0　定価：660円（本体600円＋税10%）

『至高の冷酷総長は、危険なほどに彼女を溺愛する』

柊乃《しゅうの》なや・著

富豪科と一般科がある特殊な学園に通う高２女子のすばる。ある日、ひょんなことから富豪科のトップに君臨する静日と一緒に暮らすことに！　街の誰もが知っている静日《しずか》の豪邸で待ち受けていたのは甘々な溺愛で…!?　「……なんでそんなに可愛いのかな」とろけるほどに愛される危ない毎日に目が離せない！

ISBN978-4-8137-1458-3　定価：682円（本体620円＋税10%）

『孤高の極悪総長さまは、彼女を愛しすぎている【極上男子だらけの溺愛祭！】』

柊乃《しゅうの》なや・著

杏実《あみ》が通う学校には、周囲から信頼の厚い“Sol《ソル》”と、極悪と噂される“Luna《ルナ》”という敵対する２つの暴走族が存在する。高２のクラス替えでふたりの総長と同じクラスになった杏実は、とあるきっかけで両チームの最強男子たちに気に入られ…!?　完全無欠な総長たちからの溺愛にドキドキ♡

ISBN978-4-8137-1421-7　定価：682円（本体620円＋税10%）

書店店頭にご希望の本がない場合は、書店にてご注文いただけます。

もっと、刺激的な恋を。

♥野いちご文庫人気の既刊！♥

『猫をかぶった完璧イケメンくんが、裏で危険に溺愛してくる。』

みゅーな・著**

高２の咲桜《さくら》は、純粋で素直な女の子。ある日、通学電車の中で出会った王子様みたいなイケメン男子・柚和《ゆわ》に恋をしてしまう。なんと彼は、同じ高校に通う後輩くんだった！　しかも偶然、柚和の腹黒な裏の顔を知ってしまった咲桜。その上なぜか仮の彼女に指名されて、甘く迫られちゃって…？

ISBN978-4-8137-1481-1　定価：本体682円（本体620円＋税10%）

『完全無欠の超モテ生徒会長に、ナイショで溺愛されています。』

みゅーな・著**

高３の百葉《ほほは》は、推薦を受けて副生徒会長を務めている。生徒会長はイケメンで何でもできる、みんなの憧れの存在・昊芭《そらは》。そんな昊芭に、隠している“ある体質”のことがバレちゃった！しかも百葉も、クールなはずの昊芭の“好きな子は特別に甘やかしたい”愛したがりな裏の顔を知っちゃって…？

ISBN978-4-8137-1433-0　定価：本体682円（本体620円＋税10%）

『甘々イケメンな双子くんから、愛されすぎて困ってます。』

みゅーな・著**

高１の叶琳《かりん》はある日、家のしきたりに従って双子のイケメン男子・陽世《ひなせ》＆夜紘《やひろ》と会うことに。双子のどちらかが叶琳の運命の番であり、必然的に惹かれ合う相手だという。しかも番を見極めるため、双子との同居が始まっちゃって…？　ふたりに甘く攻められる、ちょっとキケンな毎日がスタート！

ISBN978-4-8137-1382-1　定価：本体682円（本体620円＋税10%）

『極上ヴァンパイアは、彼女を溺愛して離さない【極上男子だらけの溺愛祭!】』

ゆいっと・著

高２の愛菜《あいな》が通う学園には、超モテモテのイケメン・理都《りと》がいる。ある時、彼がじつはヴァンパイアであることを知ってしまい…!?　しかも愛菜は理都と特別な契約を結ぶことになり、甘すぎる溺愛がスタート！　さらに学園には理都以外にもヴァンパイアがいて…？　ドキドキのヴァンパイアラブ♡

ISBN978-4-8137-1432-3　定価：本体682円（本体620円＋税10%）

書店店頭にご希望の本がない場合は、書店にてご注文いただけます。